励志版名著的6个关键词

“领悟性阅读”是人生成长过程中不可或缺的要素。如何用精品名著唤醒天性、唤醒心灵、点燃智慧之灯，同时兼顾学生学习的现实需要呢？

第一个关键词：价值阅读——“成就有价值的人生”

有价值的人生从价值阅读开始。在阅读的重要性与紧迫性已成为共识的情况下，最根本的问题就是读什么和怎么读。为此，励志版名著致力于通过对经典名著的价值解读，培养学生一生受用的品质。

第二个关键词：励志——“本书名言记忆”

一句名言可以影响人的一生。在供学生阅读的众多名著版本中，励志版名著是以励志为核心理念的。一本好书，必能启迪人心，滋养人的精神。因此，我们专注于传递名著中宝贵的人生经验和成长智慧。

第三个关键词：兴趣——“无障碍阅读”

针对阅读经验较少的学生，励志版名著依据《现代汉语词典》《辞海》《汉语大词典》等权威辞书对疑难字词进行注释，并参考相关资料对人物、好句等进行注解，从而帮助学生实现名著的无障碍阅读，激发学生的阅读兴趣。

第四个关键词：导学——“名师导学3-2-1”

名师门下出高徒。励志版名著邀请全国一线名师、教研员倾力把关“名师导学3-2-1”，强调在导学的基础上自主学习，把阅读延伸到书外。

第五个关键词：彩图——“图说名著”

全品系七百多幅精美插图，配以言简意赅的文字，达到“图说名著”的生动效果，这对提升学生的阅读兴趣，使其更好地理解每一本名著的意蕴，无疑会有很好的帮助。

第六个关键词：课标——“全课标素质解读”

强调课标与素质阅读的结合，是本丛书明显的特征。各版本语文教材中所选用的名著篇目，都在其中占有一席之地，倡导了“每一本名著都是最好的教科书”的理念。

简言之，我们殚精竭虑，注重每一个细节。因为，一个人物，拥有一段经历；一段故事，反映一个道理；一本好书，可以励志一生。

让名著发挥它人生成长导师的基本功能吧！

励志版名著编委会

智慧熊
SMART BEAR

阅读强 | 少年强 | 中国强

无障碍阅读

彩插励志版

非洲民间故事

FEIZHOU MINJIAN GUSHI

尚金格　曾维纲　编译

南方出版社
·海口·

图书在版编目(CIP)数据

非洲民间故事 / 尚金格，曾维纲编译. — 海口 ：
南方出版社，2019.9（2024.4 重印）
（新课标必读名著 ：彩插励志版 / 闻钟主编）
ISBN 978-7-5501-5676-0

Ⅰ. ①非… Ⅱ. ①尚… ②曾… Ⅲ. ①民间故事—作
品集—非洲 Ⅳ. ①I407.3

中国版本图书馆 CIP 数据核字(2019)第 191684 号

非洲民间故事

FEIZHOU MINJIAN GUSHI

尚金格　曾维纲　编译

责任编辑:任才杰
出版发行:南方出版社
社　　址:海南省海口市和平大道 70 号
邮政编码:570208
电　　话:(0898)66160822
传　　真:(0898)66160830
印　　刷:三河市春园印刷有限公司
经　　销:新华书店
开　　本:920mm×1280mm　1/16
印　　张:14
字　　数:151 千字
版　　次:2019 年 9 月第 1 版
印　　次:2024 年 4 月第 11 次印刷
定　　价:21.80 元

如何进行价值阅读

——《非洲民间故事》一书以《奥塔和他的妻子》为例进行解读

故事简介

一个富翁离世前想将一只老绵羊作为遗产送给儿子。大儿子和二儿子都拒绝了父亲，只有小儿子奥塔接受了。富翁死后，奥塔牵着老绵羊离开了家，并按照父亲的嘱托，善待老绵羊。老绵羊开口说话，为奥塔带来了大笔财富，又指点奥塔娶了织布匠的女儿为妻。过了一段时间后，奥塔又迷恋上一个貌美的恶女人。恶女人为了吃肉杀死了老绵羊，奥塔悔恨不已，准备自杀，这时，老绵羊又活了过来，及时制止并教导奥塔。奥塔回到家，赶走了恶女人。

价值解读

1. 关于孝顺

富翁离世前本想把老绵羊送给自己喜爱的大儿子或二儿子，然而这两个儿子只想着继承父亲的巨额财产，根本看不上老绵羊。只有小儿子奥塔深爱父亲，宁愿放弃大笔遗产，也要听从父亲的嘱托，收下老绵羊。其实，老绵羊才是取之不尽，用之不竭的财富来源。

价值启示："谁言寸草心，报得三春晖。"从小到大，父母总是用博大无私的爱供养着我们。及至我们长大，他们也随之老去。愿我们都能珍惜自己和父母相伴的每一天，关心他们，孝顺他们，避免"子欲养而亲不待"的遗憾发生。

2. 关于善良

当大儿子、二儿子都嫌弃老绵羊的时候，只有小儿子奥塔愿意照顾它。无论吃什么，奥塔总是遵从父亲的嘱托，先给老绵羊吃，然后自己再吃。奥塔的善心最终得到了老绵羊的报答。

价值启示：善良是做人的基本准则，也是人得以在社会立足的必要条件。一个邪恶、诡诈的人总是受人唾弃，最终也必将自食恶果；而善良、谦和的人总是如阳光一般温暖人心，受人爱戴和欢迎。

3. 关于感恩

富翁去世后，奥塔带着老绵羊离开了家。在路上，他们受到织布匠和他小老婆的好心招待。老绵羊见织布匠和他的小老婆善待他们，就送给织布匠一家大笔的财富，并让奥塔娶了织布匠和他小老婆的女儿为妻。老绵羊也和他们幸福地生活在一起。

价值启示："投我以桃，报之以李。"感恩是对别人所给的恩惠表示感激。心存感恩，我们才能够更深地感受到爱，并懂得真情的可贵，而在他人需要帮助之时，也愿意慷慨地施以援手。

△ 小伙子将信将疑地把书信交给青蛙。青蛙没有任何的犹豫，就朝着一口水井跳去——太阳和月亮的子民经常到那口水井旁提水——它把书信放在自己的嘴巴里，跳进了水井，只一下，水井里便没了声音。

△ 小猴子听到自己将要回到地面，感到非常幸福，它坐在鼓上慢慢地往下降。但是，在鼓刚刚下降到一半时，它以为月亮听不到自己轻轻地敲鼓的声音，于是高兴地敲了一下鼓。

△ 猴子开始演奏《金鸡鸣唱》。不一会儿，法庭内外的动物们开始变得异常兴奋，然后都充满活力地随着音乐起舞。开始时，它们还很享受，不久它们就惊恐地发现自己根本停不下来——即使它们筋疲力尽地摔倒在地上，它们的双脚依然在不停地跳动。

△ 火和雨水来到宫殿拜见国王。国王看到它们到来立即起身迎接，说自己已经敲定了女儿出嫁的日期，并且告诉它们：安蓓娜公主只会嫁给胜利者，婚礼当天他将为它们举行一场跑步比赛。

△ 他们走到一个山岗上，看见底下的平原上有一个农民在赶着两头公牛。一个骗子说：“听着，朋友，把这两头公牛偷来吧。”“可怎么个偷法呢？”另一个问。“我在这里喊叫，农民就会向我跑来，你把一头偷走，另一头我来想办法。结束以后我们再在这个地方会面。”

△ 小伙子走到池边，拿出卡列巴萨，把拉吉水全部舀干，然后躲到旁边的大树上。鬣狗吃了小伙子的妹妹，急匆匆地跑来喝水。“拉吉水干了，如果你把我的妹妹还给我，我就给你拉吉水。”小伙子说。

阅读规划

·阅读时间建议

《非洲民间故事》记录了非洲人民对人、动物乃至世界的看法，充满着奇妙的想象和独特的见解，不仅是非洲人民智慧的结晶，也是世界文学中的一块瑰宝，具有极大的思想价值和艺术魅力。

本书共收录了 89 个非洲民间故事，约 8 万字，建议用一周的时间，分三个阶段读完。

第一阶段：周一、周二读《老人的智慧》至《林鸟和蜜蜂》，重点把握《奥鲁姆蛇》《长“翅膀”的乌龟》；

第二阶段：周三、周四读《惩罚狐狸》至《埃塞俄比亚的八个国家》，重点把握《公主的婚礼》《小伙子雅布拉尼和狮子》《皇帝和智者》；

第三阶段：周五、周六读《骄傲的甲虫》至《愚蠢的鬣狗》，重点把握《莫丘安酋长的遗嘱》《奥塔和他的妻子》。

此外，周日可回顾本周的阅读内容，完成“延伸阅读”“知识考点”部分，对重点章节和自己喜欢的部分进行精读和品析，积累写作素材。

·阅读方法指导

在阅读本书时，可以采用速读与精读相结合的阅读方法。我们可以先采用快速阅读的方法，读懂文章大意，了解故事情节，但要注意把握阅读重点，在自己有疑问的地方可以进行一些勾画。通读全文后，可以再次阅读之前有疑惑的内容，试着自己思考，找出问题的答案，也可以与朋友和爸爸妈妈进行讨论，解除心中的疑惑。读到精彩的段落可以做批注进行评点和赏析，批注的内容可以是语句的写作手法、主题思想等，也可以是自己阅读后的体会与感受。

名师导学3-2-1

3 个阅读要点

◎本书刻画了许多性格鲜明的人物和动物形象，阅读时注意体会他们不同的性格特征和精神品格。

◎本书的故事情节曲折离奇，充满了想象力，阅读时注意把握故事情节的发展变化，感受本书独特的叙述方式。

◎本书不仅反映了非洲人民的一些生活现实，更寄寓着非洲人民对美好生活的向往及对丑恶现象的批判，阅读时重点体会每个故事所蕴含的智慧和哲思。

2 个知识要点

◎本书以许多独特新奇的故事表达着非洲人民对世界的理解和看法，体现了非洲人民极强的艺术创造力，也表现了非洲独特的地域文明和民族文化。

◎本书采用了联想、想象等写作手法，也不乏魔法元素，使故事充满了浓厚的奇幻色彩和丰富的想象力。

1 个成长要点

◎本书通过一个个精彩奇妙的小故事，传达出非洲人民对世界的认识。人们歌颂乐于助人的青蛙曼奴，赞美勇敢杀蛇的埃梅斯，讴歌以智慧反败为胜的小动物……也抨击骄傲的甲虫、奸诈的骗子和懒惰的青年……阅读时，我们要不断体会故事所传达的智慧和哲思，见贤思齐，见不贤而内自省，塑造自身美好的品格，智慧地生活。

目 录

CONTENTS

老人的智慧

导读

在非洲的图拉希拉王国，老国王去世后，王子姆邦基继承了王位。他很快被权力冲昏了头脑，竟下令杀死了王国里所有的老人！紧接着，他又开始刁难年轻人，想把他们也杀死。年轻人能想到应对的方案吗？

在非洲大陆高高的灌木丛里有一座城市，这里是图拉希拉王国的中心。有一天，年迈的老国王去世了，他的独子姆邦基（这是一个在西非广为流传的故事，在非洲本土语言中，“姆邦基”这个名字意为“坏的”）继承了王位。姆邦基很年轻，没有治理国家的经验。登上王位之后，他很快就陶醉在权力之中，渴望挣脱对王权的一切束缚。

一天晚上，姆邦基梦见长老们排着队，一个接一个地教训他，让他不要为所欲为。这位新国王感觉自己的权力受到了威胁，于是怒火中烧。第二天早上，他召集城里所有的年轻人到宫殿前的大广场上集合，下了一道命令：杀光王国里所有的老人，违抗命令者将被处以死刑。他还对年轻人们说：“我要我的国家像雨季来临时一样，四处绿草如茵，没有一棵干枯变黄的草。从今往后，我的王国里只能有年轻的面孔！”

在国王的威胁下，年轻人们别无选择，只能照做——只有一个人例外。

这个唯一没有从命的年轻人叫作塔西，他深爱着他的父亲，并仰慕父亲的智慧。因此，在夜晚来临时，塔西偷偷将父亲带出了他们居住的小茅屋。为了不被别人发现，他们穿过高高的灌木从，走进深山的一个小山洞里。塔西将父亲安置在那里，留下了足够的水和粮食，并承诺每晚都来看他。

第二天早上，国王又将年轻人召集起来。

他问：“所有的老人都死了吗？”

年轻人们回答道：“是的，陛下。”

“很好，现在你们要为我做另外几件事。我有一匹金色的宝马，它只喝萨赫勒草原上最洁白的母牛产的奶。我要你们为我珍贵的马儿编一条配得上它的缰绳——只能用沙漠里最细的沙子来编。三天内把缰绳带给我，否则你们就去见我的刽子手（旧时执行死刑的人。刽，guì）吧！”说完，国王心情大好，转身回了宫殿。

听完国王的这番话，年轻人们不知所措地僵在原地，目瞪口呆。过了一会儿，他们终于回过神来，广场上响起了一阵难以置信的呼声。

有一个人惊呼：“一条用沙子织的缰绳？这不可能！”

另一个人叹息道：“我们怎么做得到呀？编缰绳该用线，不是沙子！”

他们中最年长的人无奈地说：“唉！国王说什么我们就要做什么，如果给不了他想要的东西，他会杀了我们的！”

大家绞尽脑汁，苦思冥想，祈求先祖和神灵指点迷津，但还是没人能想出办法来。

夜幕悄悄降临，塔西溜出村子，去给躲在深山里的父亲送晚餐。他非常守礼，在一旁静静地等父亲吃完饭后才开口说起白天发生的事。

塔西说：“父亲，国王不仅下令处死了所有老人，现在还要杀死所有的年轻人。”

父亲感叹道：“唉，一个打算杀死所有臣民的掌权者最终只能成为王国的守墓人……他又为什么要杀死年轻人呢？”

“国王要求我们做一件不可能完成的事情。”

“哦？什么事情？”

“他让我们用沙子为他的马做一条缰绳，如果三天之内没有完成，所有人都会被砍头。这几乎不可能办到，我们该怎么办呢？”

“这很简单，我的儿子。你靠过来，听好我要在你耳边说的话。等你站在国王面前，你也这样对他说。”

塔西顺从地将耳朵贴近，仔细地聆听父亲的教诲，并牢牢地记在了心里。

第三天，太阳刚刚升起，年轻人们回到广场上，所有人都低着头。由于日夜苦思冥想和担惊受怕，每个人的眼睛都红通通的。

这时，国王来了。他问：“你们做好我要的缰绳了吗？”

没人敢接话，一阵沉重的寂静弥漫在广场上。

国王又说：“我再给你们眨十下眼的时间，如果还没人回答，就挨个儿去见刽子手吧！不把这里所有的人都处死，我是不会让他停手的！”

塔西鼓起勇气，上前一步说道："啊！尊敬的国王陛下，您的命令高于一切！我们都是您忠实的臣民，愿意为您献出生命。您一声令下，我们便听命杀了自己的父亲。我们没能编成缰绳，不是因为我们不尊敬您，而是因为我们担心无法完美地完成这项任务。您可以把您之前的沙子缰绳给我们做参考吗？我们会仔细研究它的构造，为您编出一条更精美的来！"

听到他的回答，年轻人们都如释重负（像放下重担子一样，形容解除精神压力后心情轻松愉快），长舒了一口气。

国王沉默了一会儿，猛地站了起来，用手指着人群，十分不满地说道："行吧，你们现在可以走了！明天早上再回来！"

第二天早上，国王又说："昨天，你们表现得十分不敬！你们不仅没完成我交代的任务，竟然还敢要花招逃避惩罚。不要以为这样你们就安全了。今天，我要你们为我造一座悬浮在天地之间的宫殿。期限是一个星期，没完成任务的话就用性命交差吧！"

年轻人们从来没有如此绝望过，垂头丧气地回家了。

晚上，塔西依旧偷偷跑去见他的父亲。

"父亲，今天国王要我们为他造一座悬浮在天地之间的宫殿。这次我们真的一筹莫展（一点儿计策也施展不出；一点儿办法也想不出）了！"塔西发愁道。

父亲安慰他："怎么会呢，我的孩子，我来告诉你怎么回答国王。"

第二天早上，塔西告诉同伴们："昨天晚上我有了一个新主意，不过为了不惹怒国王，这次需要换一个人来回答。"

转眼第七天到了，年轻人们又回到广场上。国王走出宫殿，左右各站着一个侍从，举着大大的扇子为他遮阳扇风、驱赶蚊虫。国王笃定这次年轻人们无计可施，于是心情大好，悠闲地在王座上坐下，问：“你们准备好完成我交代的任务了吗？”

年轻人中最年长的那个站了出来，回答道：“是的，尊敬的国王陛下，我们已经收集到了所有必需的材料，马上就可以开始建造。但是为了建一座不大不小，不高不矮，完全符合您预期的宫殿，请您为我们在天地之间比画出宫殿的地基图……”

闻言，国王大怒，他愤愤地遣散了人群，转头回了宫殿。

几天之后，他又对年轻人们说：“你们应当被惩罚！明天，所有人都要去处刑的台子上等我。不过你们只能在太阳直直地照在人的头顶上那一刻来，要是被太阳晒到，我就让刽子手砍了你们的头；要是站在影子里，晒不到太阳，也要被砍头！去吧，明天再来见我！”

当天晚上，绝望的塔西又去寻求父亲的帮助。父亲一如既往地给出了解决方法。

第二天早上，国王到了处刑台，惊讶地发现年轻人们都头顶着渔网站在那里。渔网又大又松，光线可以透过网上的洞照到人的身上。因此，年轻人们既晒到了太阳，又站在影子里。

国王大喊：“啊！你们站在影子里了！”

年轻人们指指身上被太阳晒到的地方，回答道：“没有啊陛下，看，我们站在太阳里呢！”

国王又喊道：“那你们被太阳晒到了，也要被处死！”

年轻人们又指指身上渔网的影子，回答道：“没有啊陛下，我们正站在影子里呢！”

国王气急败坏，吼道：“好啊，这次你们又赢了，但下次可不会这么简单了！明天早上再到宫殿前来见我，要是你们骑着坐骑来，刽子手就会砍了你们的头；要是你们走着来，他也会砍了你们的头！”说完，他怒气冲冲地转身走了，走得又急又快，完全没有一个国王应有的仪态。

塔西又回去问父亲应该怎么办，父亲依然说道："很简单，我告诉你解决方法。"

第二天早上，当国王走出宫殿时，他看到了一幅令人哭笑不得的画面——年轻人们都骑着小驴，但因驴子太过矮小，人的双脚都落在地上。他们一边骑在驴子身上，一边用脚在广场上四处笨拙地走动，画面十分滑稽，国王都被逗笑了。

国王还是说道："我看到了，你们是骑着坐骑来的！"

"没有啊陛下，看，我们正走着呢！"

"那你们是走来的了？"

"也不是陛下，我们都骑在坐骑的背上呢。"

国王感觉自己被戏耍了，于是又想出了新的办法来为难年轻人。他下令："明天再到这里来见我，要是你们笑着来，就要被砍头；要是你们哭着来，也要被砍头！"

塔西的父亲又想出了应对的方法。第二天，年轻人们都往眼睛里滴进洋葱汁，这样就能一边流泪一边笑着去见国王。年轻人们都觉

得和国王的新一轮博弈（比喻为谋取利益而竞争）像游戏一样有意思。

国王看到年轻人们一边流泪一边大笑的景象，自己也不禁笑了起来。他的内心渐渐平静下来，意识到一定有一个被藏起来的老人在给年轻人出主意。

他对年轻人们说："别担心，我不会再找你们的麻烦了。我只想知道你们中是不是有人把老人藏起来了。仅凭你们是不可能想出这些办法的，只有丰富的人生经验才能孕育出这样的智慧。"

没有人敢说话，塔西不敢相信国王，也保持了沉默。

国王又说："我，姆邦基，图拉希拉王国的国王，以先祖的名义起誓，如果你们中有人把自己的父亲藏了起来，可以毫无顾忌地向我坦白。我不仅不会伤害这位老人，还将授予他崇高的地位。因为我明白了，没有智慧的老人做参谋的国王，只会像无头苍蝇一样乱转，直至走向灭亡。没有智慧的老人的国家，就像行走在没有月亮的夜晚的旅人，前路处处都是危险。那个救了自己父亲的人坦诚地站出来吧。"

塔西终于放心地站了出来，说道："国王陛下，您睿智（英明有远见。睿，ruì）的话语像清风一般拂过了我的心。是我救下了我的老父亲，是他告诉了我所有问题的答案。"

国王说："请把他叫来，我会很高兴认识这样一位智者。"

年轻人们一起去把老人从山洞里接出来，用最高的礼仪把他抬回村里。国王认识到了自己的错误，并把这位老人安置在自己身边，让他成为自己的顾问。

据说从那时起，非洲国王的身边就总是有一个"长者理事会"为他们提供建议。

〔马里〕阿玛杜·昂巴代·芭著，孙爱译，选用时有改动

为什么豹子身上长有斑点

导读

这个世界是五彩缤纷的，每个国家、每个民族对世界都有着不同的认识。那么，在非洲大地上，人们对世界的理解和想象是如何的呢？下面就让我们一起来看看，他们是怎么回答豹子身上长有斑点这个问题的吧！

豹子是火非常要好的朋友，每天都会到它的家里做客。但是，火却从未到过豹子的家里做客。豹子的妻子不明白，既然火是丈夫最好的朋友，为什么从不登门拜访呢？

豹子并没有理会妻子的疑惑，但是有一天，它决定亲自去邀请火到自己家里做客。

火不想去豹子家里做客，它拒绝了豹子，并向豹子致以万分的歉意。

但是，架不住豹子一次又一次的邀请，在盛情难却的情况下火接受了邀请，火说自己会在第二天到访。于是第二天一早，豹子在通往自家的路上铺上了干燥的树叶。然后它和妻子就在家门口等待火的到来。

突然，夫妻二人听到一声巨响，很快，它们就看见家门前的路被火焰吞噬。它们迅速地逃进屋子里才得以躲过一劫，但是，它们两个的皮毛上都留下了一些黑色的被火烧过的痕迹。所以，现在豹子的身上都有黑色的斑点。

斑马如何穿上了条纹衣服

导读 斑马身上为什么会有条纹？狒狒的屁股为什么是红的？快来看看故事里是怎么说的吧！

很久以前，有一只非常傲慢的狒狒，它自称“水域的霸主”。在旱季里，它唯一的工作便是在水源地附近阻止其他动物前来饮水。

有一天，天气非常干燥炎热，没有一个池塘里有水。斑马妈妈便带着自己的儿子来到水源地喝水。当斑马母子正在水源地饮水的时候，听到一个声音对它们大声吼道：“滚出去！我是这片水域的霸主，所有的水都属于我！”斑马母子停止了饮水，它们看见一只狒狒生气地坐在篝火旁边。

“嘿，这些水属于大家，并不是你个人的东西！”年轻的斑马妈妈说道。狒狒回答说：“如果你想喝水，就必须和我打一架。”随后，它开始对斑马妈妈发起攻击。

斑马妈妈和狒狒之间的战斗一直持续着——直到斑马妈妈抬起自己的后腿重重地踢在狒狒的身上。瞬间，傲慢的狒狒被踢到空中，随后从空中掉了下来，屁股重重地摔在岩石上。直到今天，狒狒的屁股依旧是红红的。

另一边，斑马妈妈没有站稳，自己摔倒在篝火上面，篝火烧掉了它一部分白色的毛，留下一道道黑色的条纹。受惊的斑马母子立刻跑回了平原。直到今天，它们一直生活在平原地带。

这便是斑马如何穿上条纹衣服的故事。

人类生育繁衍的起源

导读 世界上很多国家都有关于人类起源的传说。那么，在非洲，人们又是如何看待这个问题的呢？

很久以前，地球上生活着很多动物。有一天，一个男人和一个女人从天而降，但他们对彼此并没有任何想法，只是一边吃野果一边观察动物和它们的幼崽快乐嬉戏——他们二人根本不知道怎么生育繁衍后代。为此，造物主让居住在河水中的皮同去点化他们。

皮同问两个人：“其他的动物都有自己的孩子，你们的孩子在哪里啊？”两个人对它说他们没有孩子。皮同便对他们说：“如果你们想要孩子，我可以帮助你们……”接着，皮同把两个人带到河边。

来到河边后，它让两人四目相对深情地望着对方。然后，皮同回到了河水中，过了一会儿，它又回到两个人身边，此时，它的肚子里装满了水。它不停地说：“库斯……库斯……”

接着，皮同让夫妇二人回到家中躺在一起……最后，女人怀孕并生下了他们自己的孩子。

孩子越生越多，到了后来，组成了部落。这些部落都将皮同作为自己部落的图腾，皮同也被尊奉为部落的圣物。没有人可以杀死皮同，因为，这样做会被诅咒。

豹子内布尔

导读

有一天，饥肠辘辘的森林之王豹子内布尔想到了一个可以轻易获得食物的方法。然而当它施行这个方法的时候，豹子内布尔却得罪了所有动物，失去了“民心”。这是怎么回事呢？

有一天，饥肠辘辘的豹子内布尔想到一个可以轻易获得食物的方法，而且这个方法很简单。

它让自己的儿子萨贝尔在森林里散播一条假消息：

森林之王豹子内布尔患上了重病。

很快，消息便传开了！没过多久，所有的动物都得到一个消息：

豹子内布尔，我们的国王快要死了。所有的动物都必须前去探望。

动物们陆续来到豹子内布尔的家里探望它。看到有动物前来，豹子内布尔立刻闭上眼睛躺在床上装死。很快，屋子里的动物们开始哭泣着吟唱：

我们的国王去世了，去世了。我们的心里太悲伤了！

当豹子内布尔的儿子萨贝尔悄悄地把房门锁上之后，豹子内布尔突然跳起来把前来探望它的动物全部杀死；一些动物被它当场吃掉，另一些则被储藏起来。

这之后，又有一些动物也怀着沉痛的心情前来悼念。羚羊是陪着豪猪来的，但其实它对此事充满了怀疑，并给大家指出了存在的疑点——看来它们已经落入豹子内布尔设下的陷阱了。该怎么办呢？它们决定到时候先找一个地方躲藏起来——这是非常有必要的。然而，浑身是刺的豪猪没法儿和别的动物藏在一起。

羚羊一边注意观察豹子内布尔家中的动静，一边说出下面的主意：

“豪猪先生，进了豹子内布尔家后，你先慢慢地靠近它，然后蜷缩起身体，用身上的尖刺扎它。如果它有反应的话，你就赶紧躲开，我们也会躲藏起来。”

就这样，豪猪先生朝着豹子内布尔走了过去，而豹子内布尔依旧躺在床上装死。起初，豪猪身上的尖刺慢慢地扎刺豹子内布尔的时候并没有发生任何异常。

豪猪想：豹子内布尔真的死掉了！

随后，它决定用更大的力气刺躺在床上的豹子内布尔。结果豹子内布尔不能长时间地忍受疼痛，它噌的一声跳起来，满屋子追赶这个胆大妄为者。

所有前来悼念的动物看到豹子内布尔跳了起来，纷纷找地方躲藏起来。只有羚羊在低声吟唱：

> 豹子内布尔用自己的力量成为森林之王，但是，它却没有智慧。

接着，其他的动物也开始跟唱：

我们应该和小羚羊，聪明的小羚羊一起生活。
我们应该和它一起生活！

感谢青蛙曼奴

导读 地上的小伙子想娶太阳和月亮的女儿为妻，只有青蛙曼奴愿意帮助他。青蛙曼奴会怎么做呢？小伙子能如愿以偿吗？

基马纳维萨先生的儿子到了适婚的年龄，于是，他问儿子是否想娶一个妻子。

但是，儿子却给了他一个出乎意料的回答：

“我不会娶生活在大地上的女人，我只想迎娶太阳国王和月亮王后的女儿做妻子。”

“可你让我怎么向他们提亲啊？”

“这个我自有办法。”

小伙子写了一封信，请求一头麋鹿把书信带到天上。可是，麋鹿拒绝了：

“我是生活在大地上的动物，不能飞上天空。”

“好吧，我会继续寻找信使的。”

小伙子对一只羚羊说出自己的请求之后，得到了和麋鹿一样的回答，于是，他开始寻找能飞的动物。

他对一只老鹰说出了自己的请求，老鹰用力地挥动着自己的翅膀，但是，它也拒绝了：

“对不起，我不能帮你。天空太高了！”

秃鹫更是直言不讳地说：

“不要异想天开了，我只能飞到半空中，距离太阳和月亮居住的地方还很远。”

小伙子手里拿着信，十分忧虑。

这个奇怪的愿望很快传遍了整个村子，也传进了青蛙曼奴的耳朵里——它找到小伙子，告诉他，它愿意帮助小伙子实现他的愿望。

小伙子感到非常吃惊，但他转而有些生气地说：

“那些拥有翅膀的鸟儿都不可能把书信送到天上，你怎么胆敢说自己可以办到呢！”

“你把书信给我，我能把它带到天上。”青蛙曼奴说。

小伙子将信将疑地接受了它的帮助。

“拿着信。但是，如果你不能兑现自己的诺言，耽误了事，就要吃我一拳头。”

青蛙没有任何的犹豫，就朝着一口水井跳去——太阳和月亮的子民经常到那口水井旁提水——它把书信放在自己的嘴巴里，跳进了水井，只一下，水井里便没了声音。

过了很久，水井中传出青蛙的声音，人们赶忙用水桶把青蛙从水井里拉了上来。

原来，青蛙跳进水井之后，游进了一个黑暗的通道，然后抵达了遥远的天空（运用想象的表现手法，将水井黑暗的井壁想象成连接大地与天空的通道，使故事富有浪漫和奇幻色彩）。

青蛙到了目的地之后，把书信放在太阳国王和月亮王后的房间里。他们看到书信时感觉非常惊讶，不过，夫妇俩还是接受了

小伙子的请求。毕竟还没人能成功地把求亲的书信送到过他们手中，夫妇俩被小伙子的诚意打动了。于是，青蛙曼奴又通过同样的方式返回水井中。

没过多久，新娘子就通过一根太阳国王亲手编制的绳子来到了大地上。

小伙子迎娶了太阳和月亮的女儿，之后他们幸福地生活在了一起。这所有的一切都要归功于青蛙曼奴。

盲人萨乌里

导读

两个儿子带盲人父亲到荒漠打猎，想让父亲在营地帮他们看管猎物。然而，等儿子们打猎回来的时候，营地的一切都变得井井有条。这中间发生了什么呢？

很久以前，有一个盲人名叫萨乌里。他有两个以打猎为生的儿子，无论他们走到哪里总是随身带着一杆猎枪。

有一天，两个儿子决定带着父亲到荒漠地区打猎，让父亲负责看管被捕杀的猎物。当他们抵达荒漠后建造了一个小营地，然后，兄弟二人便出发去打猎。

盲人萨乌里独自留在营地。不一会儿，他听到自己的身后传来了沙沙的声音！这是人类走路时发出的声响。于是，双目失明的萨乌里说：

“朋友，欢迎你来到这里！”

一个声音在他的身边回答说：

“谢谢你，朋友！”接着，那个声音问萨乌里，“朋友，什么会使你觉得很痛苦呢？是你失去光明的双眼，还是你的心啊？”

萨乌里回答道：“我的心还在啊！可是，眼睛却失去了光明！”

那个声音又响起来，他让萨乌里说出两个字——“光明”。

当萨乌里说出“光明”两个字后，他睁开了双眼看到自己的身边坐着一个男人。萨乌里拿出一根香烟，点上火递给身边的朋友。后来，两个人开始一起打扫营地。打扫完营地之后又开始准备食物。最后，所有的一切都井井有条了，那个朋友走过来问他：“朋友，是你的眼睛失明，还是你的心看不到光明？”

萨乌里回答说：“我的眼睛失去了光明。”接着，这个男人让他说“黑暗”。萨乌里刚说出“黑暗”两个字，他的眼前又重新陷入漆黑。

他的两个儿子回到营地的时候感到非常惊讶，他们问父亲：“谁打扫的营地啊？”萨乌里把自己刚刚经历的事情讲给他们听——当然也包括他的眼睛还曾短暂地恢复光明一事。

两个孩子对他说：“如果那个朋友再来这里并让你说‘黑暗’的话，你千万不要说‘黑暗’，而要大声地喊‘光明’。接下来，我们看看会发生什么事！”

夜幕降临，他们父子三人躺下休息了。

第二天上午，两个儿子又出去打猎了。父亲独自留在营地里，不久，他又一次听到了沙沙的声音！萨乌里说：“朋友，欢迎你的到来！”对方回答他：“谢谢你，朋友！”接着，对方又问萨乌里，“朋友，什么让你饱受痛苦？是你的双眼还是你的内心呢？”萨乌里说：“我的双眼失明了！”随后，朋友要求他说“光明”。

萨乌里说出这两个字后，双眼再一次获得了光明。萨乌里拿出一根香烟，点上后递给那人。他们两个人抽完香烟后，开始忙碌地工作。

当那人准备离开的时候，萨乌里拿出一些食物赠送给他。临别前，那人又问萨乌里：

“萨乌里，是你的眼睛失去了光明，还是你的心呢？”

萨乌里回答说：“眼睛失明了！可我的心一直都在！”

那朋友又说：

“请你说‘黑暗’！”

萨乌里牢记儿子们的建议，他大声呼喊道：

“光明！”

于是，他依旧可以看得到光明！那人拿出自己带来的药，给萨乌里治疗双眼。不久后，萨乌里的双眼完全康复了。

两个人分别时，萨乌里给这位朋友装了很多肉。

当儿子们回来的时候，看到父亲的双眼复明了，都感到非常高兴。三个人一起离开了荒漠，回到了村子里，他们获得了乡亲们的很多掌声。

为什么狗和人类生活在一起

导读

狗是我们人类的好朋友。但据说在很久以前，狗是和豺、狼为伍的。那么是什么促成狗和人类生活在一起的呢？快来看看下面这个故事是怎么说的吧。

狗，被称为人类的好朋友。但是在很久以前，它和自己的堂兄们——狼、豺一样，生活在丛林里。

那时它们三个总是在一起尽情地嬉笑打闹，旱季的时候，它们还组团一起到河边猎杀其他动物。

但是，每年雨季到来之前，它和堂兄们都很难找到充足的食物。植物干枯，河流断流，一些生活在森林里的动物也离开森林到其他地方去生活。

有一天，天气十分炎热，饥肠辘辘的它们伸出舌头喘着粗气，一起坐在一棵树下商讨对策。

“我们中的一员必须到人类居住的村子里去弄一些火种。”狼说道。

“要火种干什么呢？”狗问道。

“用火把干草点燃，我们就可以吃烤蚂蚱了。”豺嘴里流着口水说。

“谁去找火种呢？”狗又问道。

“你！”狼和豺异口同声地说。

狗收到命令之后，历尽了千难万险才到达人类居住的村子，而那时狼和豺却安稳地躲在树下睡大觉。

狗不停地奔跑，终于抵达用荆棘和尖头棍子制成的围栏处——这些围栏是用来保护村民们不受狮子的攻击的。突然，从茅草屋里飘出一股香味。狗走进其中一间茅草屋，看见一个女人正在吃饭，闻到饭香，它完全忘记了自己的任务。

一锅热腾腾的玉米粥放在火炉上。女人名叫达丽，她根本没有理会狗的出现，慢慢地从锅里盛了一小份玉米粥到泥土烧制成的碗里。

当她喂完自己的孩子后，她就把贴在锅壁上的玉米粥刮下来给狗倒在地上。饥饿的狗狼吞虎咽地吃完了地上的玉米粥，它很喜欢这个味道。在它吃饭的时候，孩子走近它并抚摸着它的毛发。随后，狗对自己说：

“我再也不回森林了，狼和豺总是给我下命令。这里不缺少食物，而且人类也很喜欢我。从今天开始，我要和人类生活在一起，帮助他们照看家园。”

就这样，狗和人类居住在了一起。而狼和豺还总是在森林里嗥叫，它们在呼喊逃跑的堂弟。

野兔和鼹鼠

导读

鼹鼠总是听到人们大叫野兔的名字，于是怀疑野兔干了什么坏事。出于好奇，它到野兔家中一探究竟……

野兔一直干着翻越围栏到庄稼地偷盗农作物的勾当，因此，它总是被人类和狗追赶。

很难在哪一天听不到人们大声喊叫：

“抓住它，抓住那只逃跑的野兔！”

鼹鼠并不明白其中的缘故，有一天，它问道：

“嘿！野兔，你究竟干了什么坏事啊？我总是听到他们大声喊叫你的名字！难道你有什么问题吗？”

野兔很聪明，为了不被动物们看作农田里的小偷，它回答说：

“你难道不知道发生了什么事情吗？那些喊叫声是那被关在笼子里的鬣狗发出的，它就居住在我邻居海伦娜的院子里。”

“真的吗？”鼹鼠惊讶地问。

“真的！如果你想确认我讲的话是真还是假，可以到我家里来，然后，便可以亲眼看到一切。”

鼹鼠心里充满了好奇，第二天便来到野兔家。

野兔对它说：

“你坐在这个白蚁窝后面等着我。我去找海伦娜，求她让你看看关在笼子里面的鬣狗。”

鼹鼠听从了朋友的话，在那里等着它。

野兔如往常一般跑到田地里，它在一块平坦的田地里偷走了一个凤梨。虽然那天猎人们距离它非常近——它甚至看见了猎人腰间挂着的几只野兔和鹧鸪。但是，野兔还是翻过围栏偷走了凤梨。

狗开始在野兔的身后拼命狂吠、追赶，男人们扔出去的木棍和石头像雨滴一样落在野兔的四周。

但野兔是一名奔跑健将，没有几分钟便跑回了自己的洞穴。不过，它心里非常害怕！

鼹鼠看到它惊慌失措的样子，问道：

“究竟发生了什么事情？你为什么那么慌张啊？”

“我为什么慌张？都是因为我赶着跑来通知你——海伦娜的鬣狗已经吃掉半头河马了，可是，它还说自己很饿。你最好赶紧逃命吧！”

为什么蝙蝠在黑夜飞行

导读　很久以前，在非洲大地上，鸟类和四足动物之间发生了一场战争。这场残酷的战争完全改变了蝙蝠的生活习性。这中间到底发生了什么呢？

很久以前，在非洲大地上，四足动物和鸟类之间发生了一场战争。

那个时候，每个白天，拥有一对翅膀和一个同老鼠相似的身体的蝙蝠，都在巨大的绿树之间飞行，寻找着昆虫和水果。

一天下午，和往常一样，它头朝下把自己挂在一根树枝上休息。突然，它被一只小鸟的叫声吵醒：

“所有的鸟类请注意：我们已经向所有的四足动物们宣战了。所有拥有翅膀的鸟类都应该团结起来对抗在路上行走的四足动物。”

没过多久，一只鬣狗从此处经过，蝙蝠又被惊醒了一次。鬣狗边奔跑边大声喊叫，声音响彻云霄：

“注意，注意！我们已经向鸟类宣战！所有长有四足的动物必须到陆地动物军队中报到。”

“现在，我该怎么办？我好像既不是鸟类也不是四足动物。”蝙蝠在心中问自己。它有些犹豫，不知道自己该去帮谁，后来它决定静静地等待战争的结果。

“我不是傻瓜，我会站在胜利者的身边。”它对自己说。

两天后，它躲藏在树叶中看到一些四足动物正在慌忙地逃窜，而它们身后有一群鸟正紧跟着左右啄击四足动物的身体。看来拥有翅膀的鸟类赢得了胜利，所以，蝙蝠飞到拥有翅膀的鸟类身边。

一只巨大的老鹰看着这只“长着翅膀的老鼠”说：

“你在这里做什么啊？”

“你没有看见我是你们当中的一员吗？你看啊！我来这里是为了加入你们的队伍。”蝙蝠说着展开了翅膀。

“哦！请你原谅我。欢迎你加入我们胜利军团。”老鹰半信半疑地说。

第二天上午，陆地上的四足动物组织了强大的大象军团，重新展开攻击，最后，鸟类们失败了。战场上到处散落着鸟儿的羽毛。

蝙蝠赶紧收起自己的翅膀，又赶去加入那支胜利的队伍。

“你是谁啊？”狮子怒吼着问。

“我和陛下您一样，是一只尊贵的四足动物。”蝙蝠虚伪地回答，并故意露出它锋利的小牙齿。

“你身上的翅膀是怎么回事啊？”一头大象发现了端倪，“你一定是名奸细，快从这里滚出去！”这头厚皮动物扬起自己的鼻子，摆出一副威胁的姿态。

被四足动物赶走后，蝙蝠也失去了鸟类的信任。就这样，蝙蝠不再被任何一方接纳了。从此以后，它别无选择，只能过着与世隔绝的生活：白天躲藏在洞穴里或其他黑暗的地方，夜晚出来觅食。

直到今天，它依旧爱在黑夜里飞行。

奥鲁姆蛇

导读

奥巴米有两个青梅竹马的女性朋友，这两个姑娘都深爱着奥巴米。当奥巴米到了成婚的年龄，他会选择谁做自己的妻子呢？

从前，有一个年轻人叫奥巴米，他和父母一起幸福地生活在村子里。直到有一天平静的生活被打破了——他接受了父母的提议，决定找一个女人结婚。

奥巴米有两个女性朋友，而且，他已经认识她们很长时间了。可以说，他和她们两个都是青梅竹马的关系。那个年龄较小的姑娘叫奥鲁，另一个姑娘叫埃梅斯。奥巴米只能和她们当中的一个结婚，但是，他不知道自己该选哪个女孩子。她们两个人的性格截然不同，唯一的相同之处是都很漂亮。

简短的介绍说明了两个姑娘的美丽独特、奥巴米的勤劳优秀，以及三人之间的亲密关系。姑娘们爱慕奥巴米，奥巴米也喜欢她们，结果却造成了奥巴米择偶的困难。

另一边，两个姑娘都很爱奥巴米。因为他是一个很勤劳的男人，还是一名出色的猎手；为人又大公无私，得到了村民和附近地方的人们的尊敬和爱戴。富有的奥巴米，身体很强壮，其实他完全有能力同时迎娶两个姑娘，但是，当地的传统却不允许他这样做。两个女孩子看见他坐在自家的茅草屋前面思考了很长时间。后来他站起身走进茅草屋告诉父母，他想对两个女孩子进行一次考评。

第二天，两位年轻的姑娘站在他的身边，她们比较着各自的品德与美貌，谁也不愿意认输，把“奥巴米妻子”的位置拱手让给对方。最后，奥巴米说他想知道两个姑娘到底谁爱他更深一些。两个姑娘争执不休，最终也没争出个结果。

一天傍晚，当两个姑娘坐在小伙子奥巴米脚旁的时候，一条透明的蛇从奥鲁姆森林里爬了出来——森林位于阿贝库塔地区的一座小山里。这条蛇有三个头，整个身体非常长，微微冒着烟气，在草丛里爬动。当奥巴米走到篝火旁时，他恰巧站在了蛇尾巴上。他开始跳舞，对面的火焰把他的眼睛映照成红色。那场面好像有着魔力，他整个人也像被人施了巫术。

透明的三头蛇冒着烟气从森林里爬出，奥巴米围着篝火跳舞，眼里映着火焰的红色。一个个细节描写使场景氤氲着神秘气氛，也使故事充满了浪漫奇幻色彩。

后来，奥巴米坐在了蛇的腰间——他没有发现任何异常，当两个女孩子看到蛇并大声告诉他时，已经晚了。透明的蛇一口咬在奥巴米的大腿上，然后消失在夜幕中。

奥巴米走进茅草屋，随后倒在了地上。两个女孩子高声呼喊起来。她们找来村子里的巫医，请他救治奥巴米。但由于那蛇毒性太强，奥巴米中毒太深，巫医也无能为力。

一位智慧老人命人焚烧了一些干草，并把干草灰涂抹在奥巴米的伤口上，可是，却没有

因为奥巴米的死，他的择偶问题由僵局变成死局。面对奥巴米的死，两个姑娘开始做出不同的选择。

任何疗效。几个小时后，小伙子的生命走到了尽头。他并没有像大家预想的那样睁开双眼。直到死，他也不知道哪个女孩子才是自己结婚的首选。

两个女孩子看见自己的心上人死去了，便大声哭泣。年轻的奥鲁姑娘站起身，对大家说：

“没有了奥巴米，我的生活已经没有了任何意义——当大火熄灭的时候，烟气也会跟着大火一起消失。没有他在，我也不能独自生活。所以，我决定跟他一起离开这个世界。”

在大家劝阻她之前，小姑娘奥鲁跑出了茅草屋，穿过了灌木丛。她找到了那条会施展巫术的蛇，请求它咬死自己。她转过身子，随后，蛇对着她咬了下去。奥鲁小姑娘倒在了一片青草地上，慢慢地死去了。

故事为什么没有直接说明埃梅斯的想法，而只是表现她的举动？你觉得埃梅斯对爱情的理解是怎样的？

埃梅斯一时不知道自己该做什么，她思考之后做出一个决定。她走进自己父亲的房子，取下墙上悬挂的一把大刀，然后，沿着蛇留下的痕迹寻找它。当她抓住蛇的时候，立即举起砍刀要砍掉蛇头，这时，蛇竖起身子说：

“埃梅斯，你不要杀我！如果你放我一条生路，我会帮你救活奥巴米。”

埃梅斯接受了它的建议，蛇给了她一个小包，里面装着黑色的粉末。

“你拿着这个小包站在奥巴米的尸体上。

然后，闭上双眼把黑色的粉末撒向很远的地方，一定要朝着太阳升起的方向……”

埃梅斯按照蛇说的做了，很快，奥巴米和奥鲁两个人都复活了。

蛇同意救活奥巴米，但奥鲁也复活了。这是怎么回事呢？埃梅斯做了怎样的抉择？

奥巴米醒来后没有犹豫，毅然决然地选择了他认为更爱他的那个姑娘作为他一生的妻子。

亲爱的读者朋友，如果你是奥巴米，你会选择哪个姑娘做自己的妻子？是为爱而死的姑娘，还是那个使自己得以重生的姑娘？

成长启示

奥巴米被奥鲁姆蛇咬死后，埃梅斯没有像奥鲁那样为爱而死，而是勇敢地取下墙上的大刀，去找奥鲁姆蛇报仇，最终救活了奥巴米和奥鲁。在一些艰难时刻，我们也许会感到如山的压力，仿佛事情已成定局，再也没有转机。然而，当我们克服内心的恐惧，勇敢、积极地去直面挑战时，往往能化险为夷，收获意想不到的成功。

要点思考

1. 埃梅斯和奥鲁两个姑娘，你更喜欢哪个呢？你能说出她们的异同点吗？

2. 你认为奥巴米会选择哪个姑娘做自己的妻子？为什么呢？

不讲话的小姑娘

导读

有一个小姑娘非常漂亮，却不爱说话。她的父母提出，只要有人可以让她讲话，就可以娶她为妻。结果，前来求婚的人非常多，其中不乏尊贵富有者，但小姑娘唯独对一个穷小子青睐有加。这个穷小子究竟有什么独特之处呢？

有一天，有个小伙子看到一位非常漂亮的小姑娘，并深深地爱上了她。第二天，他和小姑娘的父母坐在一起讨论婚嫁的事情。

“我们的女儿不爱说话，如果你可以让她讲话，你就可以娶她为妻。”小姑娘的父母说道。

小伙子走到小姑娘的身边，一开始是向她提问，后来又给她讲了几个有趣的故事，但是，沉默的小姑娘并没有笑，也没有说出一个字。小伙子放弃了，离开了。

在这个小伙子之后，又陆续出现很多小姑娘的追求者，有些人还非常有钱。可是，他们都没有办法让她开口说话。

最后一个追求者是一个全身脏兮兮、没有地位的穷小子。他来到小姑娘父母的身边说自己想和他们的女儿结婚。夫妻俩回答说：

“之前，有几个地位尊贵的人带着很多钱来到这里，也没有办法让她开口说话，你觉得自己可以让她开口说话吗？不要痴心妄想了！”

穷小子坚持请求他们让自己碰碰运气。最终，小姑娘的父母接受了他的请求。

小伙子邀请小姑娘到自己的农场去，并让她帮自己锄地——农场里种着很多玉米和花生。在辛勤的劳作之后，他们得到了丰厚的回报——好多农产品。小姑娘看着正在忙碌的小伙子，问道：

“你这是在做什么啊？”

小伙子笑了，他解答了小姑娘所提的问题，并带着小姑娘回到她父母的身边，还为他们讲述了曾经发生在农场的趣闻。

村子里的人们都在传诵着他们两个人的故事，并为他们举行了隆重的婚礼。

鼓的故事

导读　巴图克鼓是非洲人民非常喜爱的乐器，在欢乐或悲伤的日子里总能看到它的身影。关于巴图克鼓，有没有什么美丽动人的传说呢？一起来看看吧！

在几内亚比绍的比热戈斯群岛（大西洋的群岛，由十八个主要岛屿和多个小岛组成）有一个传说：第一个登上月亮的是一只长着白鼻子的猴子。

传说，有一天，长着白鼻子的猴子们聚集在一起商议要到月亮上去。

可怎样才能到月亮上去呢？最小的一只小猴子想出一个主意，它们可以一个站在另一个的肩膀上，下一个再站在这个的肩膀上，用这种接竹竿的方式一定能到月亮上。

但是，这样做的时候最下面的猴子开始感觉劳累，而且很快就支持不住了，一声喊叫过后猴子们全部掉了下来。意志顽强的猴子们百折不挠，一次又一次地向上攀爬，却一次又一次地摔到地上。有几次，它们已经触摸到月亮了，却依然到不了月亮上面。最后一次，那只最小的猴子用力地抓住了月亮的身体，月亮看到了它，并朝它伸出自己的双手，帮它登了上来。月亮非常喜欢小猴子，赠送给它一面鼓作为礼物。

小猴子开始在月亮上学习打鼓，不管它走到哪里都在不停地敲打自己的鼓。一天天过去了，它开始想念自己的家乡，随后，它请求月亮帮它回到地球上。

“你为什么想回去呢？”

“我想念大地，那里有很多树木：棕榈树、金合欢树、椰子树和香蕉树。”

月亮让小猴子坐在鼓面上，然后，它用一根绳子绑住鼓慢慢地往地面方向放去。接着，月亮对小猴子说：“现在我把你往地面放下去，可是，你必须记住我下面说的每一句话：在你到达地面之前不要敲打鼓，当你的双脚站在地面上的时候你要用力地敲鼓，我听到鼓声后便会把绳子割断。”

小猴子听到自己将要回到地面，感到非常幸福，它坐在鼓上慢慢地往下降。但是，在鼓刚刚下降到一半时，它以为月亮听不到自己轻轻地敲鼓的声音，于是高兴地敲了一下鼓。然而，风把鼓声带到了月亮的身边。月亮听到鼓声后，以为小猴子已经抵达了地面就割断了绳子。这一边，小猴子立刻迅速地朝着自己出生的小岛掉下去。只听砰的一声巨响，猴子和鼓落在了地面上。小

猴子在死之前，对那个仅有一面之缘却试图挽救自己的小姑娘说："请把这只鼓交给你们国家的男人。"

女孩儿被这突如其来的事情吓到了，她奔跑着把自己看到的情况告诉所有遇见的男人。男人们手持火炬相互传递这个消息，于是，生活在非洲大陆上的人们第一次听到了巴图克鼓美妙的声音。随后，男人们仿制了很多鼓。所有的非洲人都非常喜欢这个乐器。人们可以用鼓给很远的地方传递信息；在节日里，也可以用它来庆祝。从此，巴图克鼓成为非洲人民的挚爱，在欢乐或悲伤的日子里都有它的身影，因为它可以呐喊出每个演奏者伟大的灵魂！

两姐妹

导读

两姐妹被恶魔掳走，分别卖给了两个男子，她们的命运也变得天差地别。多年以后，两姐妹再次相遇。她们会认出彼此吗？她们之间又会发生怎样的故事呢？

很久以前，有一对姐妹，姐姐叫奥美卢玛，妹妹叫奥美卢卡。两个人非常喜欢在外面嬉戏打闹。有一天，她们的父母要出远门参加节日派对，父母便对她们说：

"你们要小心陆地上和大海里的动物，已经有很多人被那些恶魔带走了。你们一定要留在家里，并且不能发出吵闹声。当你们两个人做饭的时候必须点小火，这样烟雾便不会把动物们吸引到这里来。你们在舂（chōng，把东西放在石臼或乳钵里用杵撞击，使去皮壳或捣碎）米的时候，一定要小声一点儿，不要让恶魔们听到。但是，最重要的是，不要出门和其他的女孩子一起玩耍，一定要留在家里。”

姐妹二人答应了。当父母离开的时候，她们挥手和父母告别。

整个上午，两个人都留在家里。但是，随着时间一分一秒地过去，她们开始觉得肚子很饿。接着，她们开始舂米、烹饪糊糊粥——在烹饪时她们放声大笑，烹饪被她俩变成了一场打闹；为了让糊糊粥尽快煮熟，她们还生起一堆大火——两个人早已忘记了父母临行前的叮嘱。

吃完午饭后，她们离开家和朋友们去田野里玩耍，一起嬉笑打闹。

当她们正玩得起劲时，一个巨大的吼叫声从森林里传出来，另一个吼叫声从大海里传出来。然后，出现了很多恶魔，它们疯狂地抓捕年幼的孩子们。孩子们都吓坏了，两姐妹开始快速地奔跑。但是，已经迟了。一个恶魔把奥美卢玛带到了海里，另一个恶魔则把奥美卢卡带到了森林里。

两个女孩子都懊悔地想：“如果我们听了父母的话，就不会被恶魔吃掉了。”

但恶魔并没有吃掉她们，而是把她们当成奴隶贩卖到距离她们家乡很远的地方。奥美卢玛被一个男人买了回去，他很尊重她，并和她结了婚。年轻的妹妹奥美卢卡的运气则没有那么好，她被一个样貌凶狠的男人买走当奴隶。从此，她为了完成主人交给的任务没日没夜地工作着。

一段时间之后，样貌凶狠的男人又把她卖给另一个男人。可情况依旧非常糟糕，这个男人比样貌凶狠的男人更加残忍，总是虐待她。这样的日子过了很多年。

奥美卢玛和自己的丈夫相敬如宾地生活在一起，不久，她生下一个可爱的儿子。一天，她的丈夫来到市场上准备购买一个奴隶来帮助妻子照看孩子。这时，妹妹奥美卢卡正在市场上等待着被再次贩卖。就这样，奥美卢卡成了姐姐的奴隶。由于她受到多年无情的摧残，样貌变化太大，姐姐奥美卢玛根本没有认出她。

每天上午，奥美卢玛去市场采购的时候，都要把孩子交给妹妹照看，同时，还要给她安排很多家务活。奥美卢卡开始辛勤地工作，但是，工作实在太多了。她外出捡柴火时，一听到孩子的哭声，就急忙回到家里，所以，她并没有捡到足够的柴火。姐姐到家的时候，由于妹妹没干完姐姐布置的活，姐姐便对她进行责打。但如果妹妹不精心照顾哭闹的孩子，邻居们也会告诉姐姐，她依旧要挨一顿责打。

她想在捡柴火时带着孩子，但是，她并不确定自己是否有办法抱着襁褓里的孩子捡柴。

一天上午，孩子又开始大声哭闹，她把孩子抱在自己怀里轻轻地摇晃着。一个邻居走到她身边问她为什么不去做家务。她害怕被邻居告状，急忙去做家务，但是，孩子又开始哭起来。没有办法，她只能又回到孩子的身边，坐在那里再次轻轻地摇着孩子。她不知道自己该做什么，最后，她哼唱起一首歌：

啦啦啦，小宝贝不要哭。
妈妈告诉我们不要生起大火，
但是，我们却点燃大火。
妈妈告诉我们不要大声喊叫，
但是，我们却大声喊叫。

妈妈告诉我们不要出去玩耍，
但是，我们却在外面玩耍。
所以，森林和大海的恶魔把我们带走了。
把我们带到很远、很远的地方！
我的姐姐在哪里呢？
她被带得很远、很远！
啦啦啦，小宝贝不要哭。

一位老太太听到了这首歌谣，她记得她曾经听奥美卢玛唱过一首相似的歌谣——“很久以前，我们被大地和大海中的恶魔带走”。她猜想这个女奴隶也许是奥美卢玛的妹妹。于是，老太太跑到市场和奥美卢玛讲述了这件事情。

第二天，奥美卢玛依旧交代给奥美卢卡几项工作，之后她便来到市场上。可不一会儿，她又折返。她看到奥美卢卡正忙碌工作着，在她做家务的时候，还要哄孩子。最后，奥美卢卡坐在孩子的身边，摇晃着小宝宝唱起那首老太太听过的歌谣。

奥美卢玛听到歌谣，认出了自己的妹妹。她流出痛苦和懊悔的眼泪，走到妹妹的身边请求她的原谅。

两姐妹拥抱在一起伤心地哭泣。接着，奥美卢玛给自己的妹妹以自由，并且发誓以后再也不会虐待任何一个奴隶。她丈夫回到家得知这个消息也非常高兴。从此，姐妹俩非常幸福地生活在一起。

乌龟与豹子

导读

乌龟掉进了陷阱。正当它一筹莫展的时候，一只豹子也掉了进来。它们能脱险吗？它们会想出何种办法脱险呢？

乌龟像往常一样心不在焉地走在回家的路上。而黑夜已经开始用自己黑色的毛毯把整个森林遮盖起来，天色只差一点点就全部暗下来了。

突然，乌龟掉进了一个陷阱里！

这是一个上面覆盖着棕榈树树叶的深坑。这个陷阱设在森林里的小道上，是当地村民设下的。

乌龟要感谢自己拥有坚硬的龟壳——掉进陷阱的时候它并没有受伤。可是，它怎么离开这里呢？它必须在天亮之前找到一个逃离陷阱的方法，不然，自己就会变成村民做汤的食材……

正在它陷入沉思的时候，一只豹子也掉进了这个陷阱。乌龟吓得跳了起来，它不自然地假装它是在自己的家里，然后，大叫着对豹子说："你在这里干什么？你怎么能以这种方式进我的家呢？难道你不会敲门征求主人的意见吗？！"

它不停地大喊大叫：

"你没有看见自己在哪里吗？难道你不知道我不喜欢晚上有动物到我家里吗？你赶快离开这里！你瞧瞧自己那没有教养的样子！"

乌龟太无礼了，这让豹子感到非常愤怒。它抓起乌龟，然后用尽全身的力气把乌龟扔了出去——扔出了陷阱！

乌龟觉得幸福极了，它安静地往自己家里走去！

陷阱里只剩下一头愤怒的豹子。

豹子和狐狸

导读　　狐狸经常欺骗豹子，豹子气愤不已，它会采取什么手段对付狐狸呢？

狐狸经常欺骗豹子，这让豹子愤怒不已。但它总也抓不到狐狸，它真想用狐狸做一锅肉汤啊！

一天，豹子想到一个主意：自己躺在洞穴里装死，死对头狐狸就会自投罗网。

当森林里的动物得知这个消息时都非常高兴，所有的动物都认为豹子是该死的家伙——它活着只会让其他动物感到恐惧！激动的动物们跑到豹子的洞穴外载歌载舞。

但是，狐狸却对此产生了怀疑。它非常聪明，一直站在距离豹子洞穴很远的地方仔细地观察着。后来，它站在大家身后大声说：

“我奶奶去世的时候曾经打了三个喷嚏。假如豹子真的死掉了，它也会打三个喷嚏。”

豹子听到了狐狸的话，为了证明自己真的已经死了，它立刻打了三个喷嚏。

“豹子是个大骗子，它还活着！”狐狸大叫起来。

愤怒的豹子站起来，受到惊吓的动物们四散而逃。狐狸在自己的对手面前笑着逃走了。然而豹子并没有放弃抓捕狐狸的想法，它开始制订新的抓捕计划。

没过多久旱季到了，动物们都需要到豹子洞穴附近的一个湖泊里喝水。豹子决定在那里等着狐狸的出现。

它安静地躺在那里，等待狐狸的出现……

豹子日夜不停地监视着湖面。

终于有一天，狐狸感觉自己非常口渴，决定去湖中喝水。它同样也制订了一个计划：它在自己身上涂遍蜂蜜，然后，将干树叶贴在身体上。当狐狸来到湖边的时候碰见了豹子，豹子仔细地观察着它并问道：

“你是什么动物？我怎么不认识你啊？”

狡猾的狐狸回答说：“我是叶子兽！”

“好吧，你可以去喝水了。”

豹子看着在湖水中着急喝水的狐狸怀疑地问道：“你非常渴吗？”

这时，湖水稀释了蜂蜜，树叶纷纷从狐狸的身上掉落下来。

当最后一片树叶掉落在地上时，豹子才恍然大悟——原来这是一个骗局！它一下子跳了起来，但是，聪明的狐狸已经哈哈大笑着逃跑了。

鬼鬼祟祟的猎人

导读

佩德罗听说家里闯进了一个鬼鬼祟祟的猎人，于是仔细观察四周。当他发现可疑人物，想要寻求援助时，却没有人愿意帮他。勇敢的佩德罗决定不再等待，独自深入森林抓捕猎人。

佩德罗在父母家里吃午饭，他专心地和他们谈话。因为最近发生了一些非常可疑的事情。

他的父亲说："树林里有一个鬼鬼祟祟的猎人（在莫桑比克，"鬼鬼祟祟的猎人"多指打家劫舍的土匪），看门人若阿金却总是说自己没有任何责任。但每天晚上都会有兔子和家禽失踪，难道它们不是被人偷走了吗？……"

佩德罗打断父亲的话说："爸爸，若阿金没有看见鬼鬼祟祟的猎人吗？"

"他对我说他只见过一个猎人来到这里！那个猎人的个头很高，身体也很强壮，脸上长着浓密的胡子！"父亲回答说。

饭后，佩德罗一直在想着鬼鬼祟祟的猎人，他觉得有一天若阿金会做出一些犯罪的事情。

"如果我有一杆像若阿金那样的猎枪，我也可以每天晚上无所畏惧地到处闲逛！总有一天会真相大白的！"小伙子说道。

两天后，在太阳下山时，佩德罗找到一个机会。当时他坐在自家房子高处的窗户旁边对四周进行秘密观察。他发现自己的朋友托马斯——若阿金的儿子站在自己家前面的小山上。

当他仔细观察时，眼前出现了一个身体强壮、个头很高的男人，随后他消失在父亲种植的树林里。

夕阳散发出微弱的光芒，陌生男人胳膊下夹着一杆猎枪。佩德罗立即想到这个人可能就是鬼鬼祟祟的猎人。

"这个时间谁会到父亲的树林里呢？他的个头很高，手里拿着猎枪！如果他是鬼鬼祟祟的猎人，现在我该怎么办呢？"

佩德罗走下楼，来到车夫海梅的家里。

"海梅，海梅！"他气喘吁吁地喊道，"树林里有个鬼鬼祟祟的猎人！你能不能抓住他？"

"小佩德罗，你安静一下！你在和我开玩笑！"海梅笑着回答。

“海梅，我发誓自己说的一切都是真的！请你跟我一起去看看，不然，他会抓走我父亲所有的兔子和家禽！”小伙子抓住车夫的胳膊说。

“你不要在这里乱说！我还有很多事情要做，如果你愿意，可以自己去抓那个鬼鬼祟祟的猎人！”车夫拒绝道。

佩德罗明白继续哀求海梅是徒劳的，所以，他急忙跑了出去。

他想：“已经没有时间再去求人帮助了，我自己可以到树林里抓住他！”

他朝着树林的方向跑去。在这之前，他还曾经想象过也许会撞见那个陌生人，现在真的撞见了。

“小伙子，你是谁啊？”那个陌生人问道。

“你没有必要知道！”佩德罗粗鲁地回答——他非常勇敢。接着，他对陌生人说，“你是鬼鬼祟祟的猎人！我们的看门人若阿金已经看到你在这里出现过——高高的个头，脸上留着胡子，身上背着一杆猎枪！今天，你又到我父亲的树林里打猎！请你跟我走！”

陌生人笑了。

“你想把我带到哪里去啊？”陌生人问道。

“我要把你带到父亲家里！以后，你不能继续偷盗了，我的父亲非常生气！”

“如果我试图逃跑呢？你会怎么做呢？”陌生人问道。

“我会一直追你，我相信自己跑步的速度一定比你快！除此以外，我还可以大声呼喊若阿金。所以，你最好和我一起走，不然到最后，若阿金一定会对你拳打脚踢的！如果那样的话，用不了多久你就会成为一名伤痕累累的囚徒。”佩德罗回答说。

“好吧！我跟你一起走。”陌生人说道。

佩德罗抓着陌生人外套的袖子走出了树林，他要把陌生人带到父亲的家里。陌生人温顺地跟在他身后，并没有任何想要逃走的意思。

佩德罗认为自己非常勇敢——他刚刚独自一人抓住了鬼鬼祟祟的猎人。

他心里非常高兴，不久后所有的同学都将会知道他勇敢的事迹——面对一个鬼鬼祟祟的猎人，他心里没有任何畏惧。

佩德罗已经把自己看成一个真正的小英雄了。

当他们到家的时候，他把鬼鬼祟祟的猎人关在花园的棚子里，然后大叫着:“爸爸，爸爸！你快看，鬼鬼祟祟的猎人！我抓住了他，还把他关在棚子里！他有一杆猎枪和一个袋子，袋子里面肯定装满了兔子。”

爸爸妈妈急忙从屋里走了出来，脸上满是惊讶的表情。

“你们小心一点儿，不要太惊讶！”佩德罗对父亲说。

父亲打开棚子的门往里面一看:“哎呀！”他大叫了一声走了进去。

“吉列尔米！亲爱的吉列尔米！你这是从哪里来的？我们一直期盼你能早点儿到来！”父亲大叫着说。

高个子的男人脸上露出笑容，他伸手抓住了佩德罗父亲的胳膊。

佩德罗不明白发生了什么事——为什么他的父亲和这个陌生人这么亲密？

“这是你的叔叔吉列尔米！他之前一直在一个遥远的国家捕捉老虎，现在他暂时会和我们一家人居住在一起。你这个孩子怎么抓住了他？！他根本不是鬼鬼祟祟的猎人。”父亲对佩德罗说。

“我的天啊！”

佩德罗的脸红得像一个西红柿，他惭愧地瞅瞅吉列尔米叔叔。

“对不起！事实上，我真的以为你是一个鬼鬼祟祟的猎人。”最后，佩德罗抱歉地说。

然后他又对父亲说：

“您也没有和我说过吉列尔米叔叔要到这里的事情啊！如果您告诉我了，或许可以避免把叔叔关在棚子里的事发生！”

佩德罗的内心深处有些难过。因为，他的朋友和同学们听说这件事后，一定会嘲笑他。他多么希望有人能证明这件事不是一个笑话。

“你独自把我抓住了，你是我见到过的最勇敢的孩子。当你抓住我的时候，我真的感到非常意外！我保证将来一定会把你带走。有你这样勇敢的侄子，我感到非常骄傲。”吉列尔米叔叔说。

做父亲的也为自己的儿子感到骄傲，母亲也是这样认为。

因此，佩德罗也就不再为此事感到羞愧了。有时大家也取笑他把自己的叔叔关在花园的棚子里，但他却认为自己像电影里的英雄一样。

后来，佩德罗和吉列尔米叔叔成为非常要好的朋友。

用不了多久，他们便可以开始漫长的旅行了。当然并非是去抓鬼鬼祟祟的猎人，而是去猎杀野兽。他们可以尽情展示自己的勇气，因为非洲的森林里从来不缺少危险。

名叫纳马拉索塔的男人

导读

曾经，一个名叫纳马拉索塔的男人在森林里遇到了一个女人。凭借这个女人，纳马拉索塔完全摆脱了贫穷。一天，纳马拉索塔要出门参加宴会，女人叮嘱他，跳舞的时候千万不能往后退。然而到了宴会上，纳马拉索塔喝醉了，他完全忘了妻子的叮嘱！

曾经有一个名叫纳马拉索塔的男人，他是一个穿着破布条到处走的穷光蛋。有一天，他外出打猎去了。抵达森林的时候，他看到一只死了很久的黑斑羚。当他准备烧烤斑羚肉的时候，一只小鸟飞过来对他说：

“纳马拉索塔，你不能吃那些肉。你继续往前走会看到更好的东西。”

男人丢下准备烧烤的斑羚肉，继续往前走。刚走出不远，他又看到一只刚刚死去的斑羚。他再次想要尝试烧烤斑羚肉，小鸟又一次飞到他的身边对他说：

“纳马拉索塔，不要吃那些肉。你继续往前走会看到比现在更好的肉。”

男人听从了小鸟的意见，继续往前走——直到他看到路边的一座小房子。他停下了脚步，因为有一个女人站在房子前面呼喊着他的名字。但是，他身上穿着难看的破布条，所以不敢走过去。

“你到这里来啊！”女人一直朝着他呼喊。

纳马拉索塔只好走到小房子前面。

“请进！”女人恭敬地对他说。

由于自卑和贫穷，他不愿意走进去。但是，女人坚持让他进屋，最后，他慢慢地走进了那座房子。

“你先去洗个澡，然后，把这些新衣服换上。”女人对他说。

于是，他去洗了澡并换上新衣服和新鞋子。接着，女人对他说：

“从现在开始，这个家就属于你的了，你是我的丈夫，我会和你一起好好生活。”

就这样，纳马拉索塔结束了自己贫穷的生活。

一天，他要去参加一个节日派对，去之前，妻子对他说：

“在节日宴会上，当你跳舞的时候千万不能往后退。”

纳马拉索塔牢记妻子的叮嘱，两个人走出了家门。在节日宴会中，他喝了很多木薯啤酒，整个人也变得醉醺醺的。他开始跟随着巴图克鼓的节奏欢快起舞。在音乐到达高潮的时候，他开始不停地在人群中向后转圈。

转着转着他又变成了以前的样子：穿着破布条的穷光蛋。

老鼠和猎人

导读

猎人的盲人妻子抱着孩子不小心掉进了陷阱。依据约定，猎人要把妻儿献给狮子。但是，老鼠却用自己的聪明智慧拯救了他们。

很久以前，有一个猎人总是在地上挖陷阱。

有一天，当他前去查看自己设下的陷阱时，遇到一只凶猛的狮子：

“早上好，先生！你到我的领地做什么？”

“我前来查看自己设下的陷阱是否捕捉到了猎物。”猎人回答说。

“你应该给我上缴一些税——这片土地都是我的领地。你抓到的第一个猎物可以归你所有，但是，第二个猎物必须给我。这样才算公平。”

猎人同意了狮子的提议，并邀请它一起前去查看陷阱里的猎物——其中一个陷阱里有一只羚羊，根据约定，第一个猎物归属陷阱的主人。

有一天，猎人去拜访自己的亲戚，当天没有回家。他的妻子是个盲人，她因为需要肉制作食物，便去查看丈夫设下的陷阱，看是否有猎物掉进陷阱里。但不幸的事发生了，因为眼盲，一个不小心，她和襁褓中的孩子一齐掉进了陷阱里。

狮子在树丛中看到了这一幕，它知道是人类掉进了陷阱里，于是它站在陷阱旁边等待猎人的出现，等待着他把他们交给自己。

第二天，猎人回到家里没有看见自己的妻子和孩子。他跟着妻子留下的脚印一路来到设下陷阱的地方。

当他看到自己的妻子和儿子被困在陷阱里时，站在远处的狮子正对他大声说：

“早上好，朋友！今天陷阱里的猎物都是我的！在同一时间，掉进陷阱里两个猎物。我锋利的牙齿已经准备好啦！”

“朋友，我们可以坐下来谈谈。被困在陷阱里的是我的妻子和儿子。”

“我不想知道这些。总之，今天的猎物是我的，我是丛林之王，况且我们有约在先，你必须履行承诺。”狮子大声抗议道。

突然，一只老鼠出现了。

“早上好，叔叔们！发生什么事情啦？”小家伙说。

“我们早有约定，但这个男人不想按约定支付给我税金。”

“叔叔，如果你们已经约定好，为什么不按照约定履行应尽的义务呢？即便是你的妻子和儿子，也应该交给狮子。你把他们留下就可以离开了。”老鼠对猎人说。

猎人苦恼地离开了，留下了老鼠、妻子、孩子和狮子。

“狮子叔叔，你听着，我已经说服了猎人把猎物给你。现在，你应该向我解释一下这个女人是怎么被抓获的。我们模拟一下他们是如何掉进陷阱里的吧，我不相信他们那么笨，自己掉进了陷阱。”接着，它带着狮子来到另一个陷阱旁边。

当狮子模仿的时候，很自然地，它也掉进了陷阱里。

就这样，老鼠拯救了猎人的妻子和儿子，并送他们回到了家里。

女人感谢老鼠让自己和孩子从狮口脱险，便邀请老鼠居住在自己家里，并且供给它东西吃。

从那时起，老鼠开始和人类一起居住，而且，它会无所顾忌地啃咬所有能吃的东西……

全凭一张嘴

导读

人的身体有许多器官，它们都很重要，但器官们却要争个高下，它们谁会获胜呢？让我们一起来看看下面这个故事吧。

有一天，嘴巴故意问：

“在人身体上，什么器官是最重要的啊？”

眼睛们回答：

“最重要的器官当然是我们——可以看见东西，观察身边发生的一切。”

“我们最重要，因为我们耳朵可以听到一切。”两只耳朵说道。

“你们在说谎。我们才是最重要的器官，我们可以拿东西。”两只手说。

这时，心脏也颤抖着说：

“是我！我才是最重要的：我要为整个身体服务啊！”

“我负责消化所有的食物！”肠子也插话说。

“嘿！最重要的工作是支撑起整个身体，而这项工作是我们两条腿在负责。”两条腿得意扬扬地说。

正在器官们各抒己见、争执不下的时候，人面前出现了一碗面条。两只眼睛看到了面条，心脏开始变得激动，肚子等待得有些厌倦了，两只耳朵也在仔细听声音，两只手端起碗，双腿也在兴奋地抖动……但是，嘴巴却拒绝吃饭。

慢慢地，全身所有的器官开始变得虚弱无力……

最后，嘴巴又一次问同一个问题：

“你们知道在人类身体上哪个器官最重要吗？”

“是你这张嘴，你是我们的国王。”其他的器官异口同声地说，即使没有一个真心认同。

愚蠢的主意

导读

鬣狗为了能同时到两个相距甚远的宴会大吃一顿，竟想出一个自认为十分聪明的主意，结果害得自己必须付出惨痛的代价。可见，贪心往往蒙蔽头脑，使人做出愚蠢的决定。

有一天，鬣狗先生收到两个在同一时间举办的宴会的邀请，但是，这两个宴会举办的地点位于鬣狗家的两个方向，且相距甚远。举办宴会总是要杀牛的。众所周知，鬣狗是一种极其贪婪的动物。

“毫无疑问，两个宴会我都要参加。我可不想辜负两位东道主的好意，更不能失去大吃一顿的好机会，那里的酒肉非常多……可是，两个宴会的举办地相距非常遥远，我怎么能同时参加两个宴会呢？”

鬣狗思来想去……突然，它用自己的手拍打着额头：

“我有主意啦！这也太简单了……”它为自己的聪明而感到高兴。

它急忙走出家门，来到马路上。这条马路可通往不同方向的两个宴会的举办地。鬣狗把自己的右腿放在马路右边，又把自己的左腿放在马路左边，然后右腿向右走，左腿向左走。

它以为用这种方法便可以同时参加两个宴会。它努力地用这种方式行走，可是没过多久，它就感觉两条腿走起路来一高一低。

突然，它倒在了地上。大家急忙把它抬到医生家里。随后，医生禁止它再用那种方式走路，并说它必须在家里吃一个月的牛肉才能康复。

最后，鬣狗终于承认采用那个方法行走真是一个愚蠢的主意！

会拉小提琴的猴子

导读

曾经，猴子和狼是一对好朋友。狼见猴子有一把可以捉到自己想要的任何动物的弓箭，就想占为己有。它蛮横地夺走猴子的弓箭，还散播谣言，说猴子之前偷走了它的弓箭。猴子愤愤不平，将狼告上了法庭。猴子能打赢官司，夺回弓箭吗？

有一年，猴子生活的这片土地上发生了不幸的事——绿色植物、昆虫全部消失了，剩下的只有饥饿。猴子不得不离开自己曾经生活的地方，它想到别的地方寻找一份力所能及的工作。幸运的是，它得到了猩猩大伯的关心和呵护——它居住在这个国家的另一边。

猴子为猩猩大伯工作了一段时间，当它得知家乡的情况有所好转，便想回到自己的家乡去。猩猩大伯为了奖励它之前的努力付出，赠送给它一把小提琴和一把弓箭。猩猩大伯对猴子说，这把弓箭可以帮助它捕捉到自己想要的任何动物，而小提琴可以让它随时随地快乐地舞蹈。

在返回家乡的路上，猴子首先遇到了它的好朋友狼先生。这位被猴子称为老同事的狼先生给猴子讲述了它所知道的所有奇遇故事，同时，还说从很早以前自己就想捕捉一头鹿，可是，却总是徒劳无功。

猴子对狼先生讲述了自己腰间佩带的弓箭的传奇故事。它对狼先生承诺会使用这把弓箭让狼先生得到自己想要的一切猎物。当狼向猴子指明鹿所在的地方时，它立刻拉弓射箭杀死了鹿。

狼先生非常羡慕、嫉妒猴子，它向猴子索要弓箭，想把它据为己有。当猴子拒绝它时，狼开始使用武力威胁猴子。弓箭到手后，狼又到处散播谣言：猴子偷走了属于狼的弓箭，现在弓箭又回到了狼的手中。

猴子为此事找到了土狼，土狼推说自己没有能力处理这样的事情，它建议猴子把这件事报告给由狮子、老虎、豹子等动物掌管的法院进行调解处理。在说此话的时候，土狼表示它更多地考虑到安全问题。

事实上，土狼早已和狼串通在一起了，就在猴子将案件递交法院处理之前，土狼已开始跟踪猴子，并打算伺机谋杀猴子。当然，机智的猴子并未让它得逞。

法庭上，猴子提供的证据非常少，而狼凭着那些谣言占了上风。现在，情况对猴子非常不利，因为偷盗是一项非常严重的犯罪行为——猴子可能会被绞死。狼十分得意，它以为自己可以名正言顺地占有那把弓箭了。

愤怒而无奈的猴子忽然记起了小提琴——小提琴依旧在猴子身边。在法庭上，猴子说出了自己最后一个请求：用小提琴演奏一曲。

猴子在演奏小提琴方面极具天赋，它拉出的曲子可以打动所有动物，甚至让凶猛的狮子保持安静。

猴子开始演奏《金鸡鸣唱》。不一会儿，法庭内外的动物们开始变得异常兴奋，然后都充满活力地随着音乐起舞。

开始时，它们还很享受，不久它们就惊恐地发现自己根本停不下来——即使它们筋疲力尽地摔倒在地上，它们的双脚依然在不停地跳动。

可是，猴子只管把头温柔地靠在小提琴上，眯缝着双眼，继续拉奏小提琴。

狼是第一个大声哀求猴子的，它气喘吁吁地说：“猴子老弟，请你停下来，不要再演奏了！看在上帝的分儿上，请你停手吧！”

但是，猴子却好像没有听见狼先生的哀求，继续演奏《金鸡鸣唱》。

过了一段时间，狮子也疲惫不堪了。它对着猴子吼叫了一声：“猴子，如果你停止演奏音乐，我可以把自己的王国送给你。”

“我不想要你的王国，但是，你们必须把弓箭还给我。而且，狼必须承认是它霸占了我的东西！”猴子说。

“我承认是我强占的，我承认！”狼先生大声喊道。随后，狮子宣布猴子无罪，并命令狼将弓箭还给猴子。

猴子并没有停止演奏手中的小提琴，反而将琴拉得声音更大。直到它拿回了自己的弓箭才跳到一棵长满刺的大树上。

狮子和其他动物心有余悸，它们非常害怕猴子再次演奏让它们跳舞的音乐。

乌鸦和兔子的友谊

导读

交友贵在交心，尊重是建立友谊的基础。乌鸦和兔子这对好朋友是如何分道扬镳的呢？请看下面的故事。

乌鸦是兔子非常要好的朋友。有一天，它们约定好背着对方从一个村子到另外一个村子——这是为了让人们见证它们两个之间真挚的友谊。

首先，乌鸦背着兔子走在通往村子的路上。看见它们的人们问：

“乌鸦，你身上背着什么啊？”

“我背着一个刚刚从那马蒂亚回来的朋友。”只要有人问，乌鸦就这么回答。就这样，乌鸦背着兔子走了很多地方。

轮到兔子背乌鸦了。当它们抵达一个村子时，当地的居民问道：

“兔子，你背的是什么啊？”

“哦，我背着羽毛、羽绒，还有一个很大的喙。”兔子说的话带有嘲讽的味道。

乌鸦不喜欢朋友以这样的方式说话，随后，它从兔子的背上跳了下来，它们的朋友关系也随之终止了。

乌龟和蜥蜴

导读

有一年食物紧缺，蜥蜴夺走了乌龟的玉米，乌龟又趁机割断了蜥蜴的尾巴。蜥蜴非常生气，于是去找村长告状。村长会如何处理它们之间的纠纷呢？

有一年食物紧缺，乌龟拿着自己节省下来的钱到纳雅卡亚地区购买了一袋玉米。

当它快到家的时候，看到一棵很粗的树倒在路上。乌龟觉得自己不能背着玉米从树上爬过去，所以，它决定先把玉米袋子扔到树的另一边，然后，自己再慢慢地爬过去。

当它把玉米袋子扔过去的时候，忽然听到一个声音大喊道：

“神啊，神啊，我运气太好啦！竟然从天上掉下一袋玉米。”

乌龟急忙爬过大树，看到大声喊叫的原来是蜥蜴——它紧紧地抓着乌龟扔过去的玉米袋子。

乌龟大声抗议道：

“不对，玉米是我刚刚购买的，我正要把它带回家！”

蜥蜴却不想听任何解释，它决定把玉米带回自己家里。它对乌龟说：

“我并没有偷任何人的东西，起码我是这样认为的。我要去吃玉米了，因为我捡到一袋玉米。”

乌龟非常生气，但是，它却什么也做不了，因为它跑不了蜥蜴那么快。

第二天，饥肠辘辘的乌龟决定去找蜥蜴，为它的孩子们讨要一些食物。

在前去蜥蜴家的路上，它恰好看到蜥蜴刚刚爬入地洞，只留一条尾巴露在洞外面。

乌龟抓住了蜥蜴的尾巴，然后用刀子把它割掉了。乌龟把那条尾巴拿回家和自己的孩子一起吃掉了。

没了尾巴的蜥蜴从洞里爬出来之后就去找村长告状：

“乌龟砍掉了我的尾巴。请您命令它到这里来解释为什么砍掉我的尾巴。”

村长叫来了乌龟，他问道：

“是你砍掉了蜥蜴的尾巴吗？”

聪明的乌龟说：

“事实上，是我看到一条黑色的尾巴从洞里露出来，所以，我把它带回家吃掉了，但是，是谁的尾巴我就不清楚了。除了一条尾巴之外，我什么也没有看到。”

“可是，那条尾巴是我的，你要赔给我！”蜥蜴大叫着说。

乌龟回答说：

“不，我不会赔偿你。我只是做了你之前做的事情。昨天，你看到我的一袋玉米，就把它带回家里吃掉了。今天，我看见了你的尾巴，也带回去吃掉了。现在，我们算是扯平啦。”

村长觉得乌龟说的话很有道理，便打发它们离开了。

兔子的奴隶——大象

导读　小小的兔子竟能让大象变成自己的奴隶，这是不是很不可思议？

有一天，兔子在外面散步，它看到很多动物坐在一棵大树的树荫下面。它心里充满好奇，便问道：

“发生了什么事情？为什么大家都聚集在这里啊？”

一些动物解释说：

“我们要处理一件烂事，现在正在等待领导——大象的到来。”

“什么？什么？大象是你们的领导？”兔子皱着眉头问。

随后，它继续说：

“大象不应该是任何动物的领导，大象是我的奴隶。我总是坐在它的背上到自己想去的地方！”

一些动物惊奇地问它：

“你那么矮小，大象怎么可能是你的奴隶啊？”

“矮小并不代表不够强大。”兔子反驳说。

接着，它用一种极具权威性的语气大声说：

“我已经和你们说过，大象并不是什么领导，它是我的奴隶。所以，你们可以离开这里了，那件事它也没有能力帮你们解决。”

说完之后，兔子朝着自己家走去。一些动物也像它一样离开了——因为，它们相信了兔子所说的话。

过了一会儿，大象抵达了会议现场，看到会场稀稀落落的参会人员，它问道：

“为什么其他动物没有到这里啊？难道它们都迟到了吗？”

“不是这样的。”留下的动物们对大象说，“其他动物刚才都在这里，不久前，它们才离开。因为兔子对我们说你并不是我们的领导，而是它的一名奴隶。”

大象气得浑身发抖，愤怒的它喃喃自语道：

“啊！混账东西，大骗子……今天，你胆敢说出如此侮辱我的话，简直是卑鄙无耻！”

而此时，兔子已经回到家里并开始假装生病。它善良的妻子铺开一张席子让它躺在上面。

正在这时，一只羚羊赶到了这里——它是兔子的小姨子，前来通知兔子大象已经在前往这里的路上了，并且扬言要教训一下兔子。说完这些它便立刻离开了。

狡猾的兔子假装癫痫病发作，不停地扭来扭去，同时，它还大声地呻吟着，说自己的胸口很痛。

大象抵达兔子家时，脸色非常难看，它大叫着：

“兔子，你这个混账东西，赶紧给我滚过来！”

兔子不停地低声呻吟着，并磕磕绊绊地说出几句话：

“哦，请……原……谅……对……不……起！因为，我……不太……好！我的……身……体……很……痛！我现在……非常……不舒服……”

“我不想知道这些！无论如何，你必须跟我到会议现场。因为大家都听到了你说出的那些侮辱我的话——说我不是它们的领导，而是你兔子的奴隶！”大象说。

“你……说得……很……对，但是，我已经……不能……跟你去那里了，也……不能……陪……你啦！”

“我已经和你说过了，你必须和我一起去。即便我背，也要把你背到那里。”大象语气强硬。

“那……只有这种办法了……我……在家里……已经这样了，如果……和你一起走很远的路，一定……会很痛苦。”

接着，它把自己的妻子叫过来，痛哭流涕地对它说：

“把我的……新衬衫……给我拿过来。哎呀，哎呀……你再去……把我的新……裤子……拿过来。”

随后，它又说：

“现在……你去把我的……新鞋子拿过来！以后，任何……事情……都有可能发生，即便……是即将死去，我……也要穿上……自己最贵的……新衣服。”

兔子穿上漂亮的衣服和鞋子。大象蹲在地上，兔子跳到它的背上，稳稳地坐在上面。

在大象准备出发之前，兔子又大叫着说自己像一块被晒裂的岩石，然后，它对妻子说：

“老婆，你……把遮阳伞给我拿过来，实在是太热了……阳光会加重我的病情啊！”

然后，大象迈着飞快的步伐朝会议现场走去。

当它们快要接近会场的时候，兔子已经不再假装生病了，它装成一位重要的人物，脸上露出幸福的微笑。

当在场的动物们看到兔子非常庄重地坐在大象背上时，所有的动物都开始惊呼：

“你们快看啊！兔子说的一切都是真的。大象是它的奴隶……是它亲自背着兔子来到这里的。”

当大象停下来的时候，兔子动作轻盈且优雅地跳到地上，它对所有的动物说：

“你们看到了吗？你们看到了吗？……我没有告诉你们大象是我的奴隶吗？”

在场所有的动物大声喊道：

“是真的，先生，都是真的。大象不是大家的领导！它是背兔子走路的奴隶。”

大象意识到自己犯了一个愚蠢的错误，心里充满了羞耻感，便灰溜溜地从会议现场离开了。

猪和苍鹰

导读 据说，从前猪的鼻子是翘起来的。可为什么我们看到的猪的鼻子都是扁平的呢？这中间究竟发生了什么？

从前，猪的鼻子是翘起来的。那时候，它和苍鹰是一对形影不离的好朋友。猪十分羡慕苍鹰拥有的一对翅膀，它不停地要求朋友也为自己找一对可以飞翔的翅膀。

苍鹰愿意帮助猪实现它的愿望。它从别的鸟儿那里找到一些羽毛，并且用蜡把羽毛黏在自己朋友的肩膀上和腿上。猪喜出望外，因为它真的可以飞翔了。

它不顾苍鹰的警告，一定要让苍鹰陪着自己飞到一个很高的地方。但是，由于气温渐高，它身上的蜡开始融化了，羽毛一根根地掉落。随着羽毛不停地掉落，心烦意乱的猪也开始从高处往下落。当羽毛掉完的时候，猪也坠落在了地上，而且是鼻子先着地的。由于坠落时产生的巨大冲击力，它的鼻子变平了。这便是猪鼻子扁平的原因。

猪对苍鹰大发雷霆，指责朋友想要谋害自己，因为它没有为自己黏好羽毛，羽毛半途中就掉落了。

从此以后，猪和苍鹰不再是朋友了。当猪看到苍鹰在高处飞翔的时候，便会冲着它哼叫，还会用怀疑的眼神看着它。

狮子和兔子

导读

狮子喜欢上了一位非常漂亮的姑娘，决定娶她进门。姑娘的父母要求它用两只小兔子做聘礼，狮子同意了。狮子能捉到两只小兔子，娶回心上人吗？小兔子的命运又将如何呢？

狮子喜欢上一位非常漂亮的姑娘，它决定娶她进门，便到姑娘的父母家里请求他们同意。

姑娘的父母同意它成为自己女儿的丈夫，但是，他们对森林之王提出了一个要求：用两只小兔子做聘礼。狮子同意了。

没过多久，狮子便捉到了两只小兔子。它把两只兔子装进袋子里后，便背着袋子朝自己未来的岳父岳母家里走去。

在路上，狮子碰见另一只兔子。狮子请它帮助自己一起把彩礼带到未来的岳父岳母家里去。这只长耳朵的家伙接受了狮子的请求。

在路上，聪明机警的兔子对袋子里的东西产生了怀疑，它趁狮子不备偷偷地打开袋子一看——它非常惊讶，因为袋子里装的两只兔子是它的孩子。

兔子决定对狮子展开报复。它把自己的孩子们从袋子里救出来，并把一个马蜂窝放在袋子里。

当它和狮子一起抵达狮子未来的岳父岳母家的时候，狮子对兔子说：

“兔子，请你出去一会儿，我想和这对夫妇谈一些私密的事情。”

“狮子先生，我当然可以出去啦。您最好把屋门关上或者锁起来，这样我就听不到你们的谈话啦！”

狮子欣然采纳了兔子的建议，而兔子又在屋子外面用非常结实的锁把房门锁了起来。与此同时，森林之王高兴地打开了袋子，准备让自己未来的岳父岳母看看那两只小兔子。可它没想到，一群马蜂飞了出来，开始疯狂地蜇它。

兔子用自己的聪明才智拯救了自己的孩子们，它高兴地领着它们回到了自己的洞穴里。

长“翅膀”的乌龟

导读 我们看到的乌龟走路都非常缓慢，而且龟壳上满是裂纹。至于它为什么会有这样的习性和特征，下面的故事里有着非常独特的解答哦！

很久以前，有一只乌龟得到生活在大森林里的鸟类们要举办一个盛大宴会的消息。

乌龟把头从它漂亮光滑的壳里伸出来说：“我也想去参加宴会。”

“可是，这个宴会是在天上举办的。你怎么能飞到天上啊？”一只鹦鹉回答说。

乌龟非常沮丧。鸟儿们看到它的样子，非常同情它，于是大家决定帮助乌龟飞上天空。

“对啦，我们可以向自己的同类借一些羽毛给你。”鸟儿们对乌龟说。

就这样，它们为乌龟借来了很多羽毛。小鸟们用一些细细的绳子把五颜六色的羽毛捆绑在乌龟的四只脚上。

“好啦，你现在可以飞行了。”小鸟们愉快地说。接着，它们又说，“可是，现在还有一个问题。在这个节日宴会上，我们大家都要用一个别名。你想好自己叫什么名字了吗？”

爱抖机灵的乌龟思考了一会儿说：

“我的名字叫大家。”

第二天上午，当公鸡开始歌唱的时候，收到邀请的鸟儿们开始朝着宴会的场地飞行。

前往宴会地点的路程要比大家想象的更远。乌龟不会直线飞行，所以，它落在了队伍的最后面。对于它来说，飞行很累；对于其他动物来说，在非洲的天空中，大家从未见过如此笨拙的“鸟儿”——虽然它拥有闪亮的“翅膀”。

“太漂亮啦！”乌龟一边飞一边大声喊着——它穿过一片咖啡园和棉花地的时候，非常享受在高空飞行的感觉。

晴朗的天空下，乌龟可以看到远处的山峰上覆盖着皑皑的白雪。它飞过壮观的白尼罗河（尼罗河的源头）时，大声惊呼道：“你们看那条河真大啊！”

当大家飞到目的地的时候，宴会刚刚开始。一张非常大的桌子上摆满了美味的食物——等着大家来一起享用。

根据老传统，一只鸟问：

“谁第一个品尝美味大餐呢？”

节日宴会的女主人是一只巨大的老鹰，它回答说：

“大家来吧！”

“让我第一个吃大餐吗？太好了！”乌龟边说边走上前去狼吞虎咽地吃了起来。而这时，惊呆了的鸟儿们看着它却不知如何是好。

节日宴会持续到中午时，上午的场景又一次出现了。

“谁第一个品尝午餐呢？”鸟儿们一起问道。

“大家来吧！”女主人说道。

乌龟急忙再一次吃掉了所有的东西。

在晚饭时间，又出现了同样的情况。

饥饿的鸟儿们在晚宴结束后要返回了，但是，它们都要求乌龟归还所借的它们的羽毛。

“你得把所有的羽毛还给我们。”鸟儿们愤怒地说。接着，它们把绑在乌龟脚上的绳子全部解开，拿回了它们各自的羽毛。

无奈的乌龟只得对鸟儿们提出一个请求：

“请你们飞过我家门口的时候，告诉我母亲在我家门前放置一个草堆。”

“为什么啊？”

“当我从天上掉下去的时候，草堆可以使我免于摔伤。”乌龟自作聪明地说。

鸟儿们非常生气，当它们抵达乌龟家门口时，故意告诉乌龟的母亲：

“你的儿子请你在家门口摆放一块非常大的石头。”

结果，乌龟摔在了大石头上。幸运的是，它并没有死。它的母亲用尽全力为它修补好破裂的外壳。

从此以后，乌龟走路就特别缓慢，而且直到今天，它还在背着满是裂纹的乌龟壳（根据龟壳满是裂纹的特点，联想到这可能是从天空摔到大石头上造成的，体现了非洲人民丰富的想象力）。

两个猎人和一头狮子

导读 两个猎人前去打猎，一头狮子一直暗中尾随着他们。到了傍晚，一个猎人准备躺下睡觉，这时……

两个猎人前去打猎，他们猎杀了一只小鹿。后来，他们碰到一头狮子，这头狮子一直暗中尾随着他们。

傍晚时分，一个猎人说：

“在我睡觉的时候，你可以把鹿肉吃掉！”

另一个猎人回答：“如果我们是三个人，你可以睡觉。可是现在只有我们两个人，你怎么能睡觉呢？”

前一个猎人听不进后一个猎人的忠告，他从树上折下树枝，并把它们铺在地上，然后，他躺在树枝上开始睡觉。后一个猎人没办法，只好开始准备烧烤鹿肉。

尾随而来的狮子看到了机会，它猛地扑到睡觉的猎人身上，吃掉了他。

后一个猎人敏捷地躲过了狮子，并在日出的时候回到了自己居住的村子。

村民们都问他："你的同伴在哪里啊？"

他回答："只有我们两个人时，他却想睡觉，所以他被狮子吃掉了。"

这个故事告诉我们，要善于接受别人的建议，并且不要在危险境地中放松警惕。

蝎子和青蛙

导读

森林起火了，动物们都穿过河流到森林的另一边避难。蝎子没有朋友也不会游泳，而且谁也不愿冒着风险帮助它。最后，蝎子只好卑微地向一只青蛙求助。青蛙会帮助它吗？蝎子会信守承诺，不用毒针蜇青蛙吗？

有一天，森林里起火了。动物们逃生的办法只有一个：穿过河流到达森林的另一边。

所有会游泳的动物都跳入水中，它们有的身上还背着自己不会游泳的朋友们。但是，蝎子既没有朋友也不会游泳，而且没有哪只动物愿意冒着风险为它提供帮助。

看着大火逐渐接近自己，蝎子只好卑微地向一只正在过河的青蛙求助。

蝎子说："请让我坐在你的背上过河吧。"

青蛙回答说:“我可没有疯啊,你会蜇接近你的所有动物。”

蝎子辩称:“我不会用毒针蜇你,如果我这样做,我们两个都会沉到水底,我可不会游泳啊。”

青蛙觉得蝎子说得很有道理。随后,它接受了蝎子的请求。但是,用毒针蜇其他动物已经成为蝎子的生活习惯,在快到河对岸时,蝎子忘记了自己的承诺,用毒针蜇了青蛙,接着,它们两个便一齐落入水中死掉了。

林鸟和蜜蜂

导读 林鸟和蜜蜂曾是一对好朋友,它们的友谊被誉为当地的标杆。可是后来它们却成了公开的敌人。这中间究竟发生了什么呢?

林鸟和蜜蜂曾经是一对好朋友。它们的友谊成为当地的标杆,它们两家人的关系也非常融洽。

有一次,蜜蜂的儿子患了重病。那时,唯有巫医可以准确诊断它儿子患上了什么病并给出药方。蜜蜂满怀忧愁地来到巫医家中,寻求可以治病的良方。巫医要求它送自己一根漂亮鸟儿的羽毛。

当蜜蜂得知自己儿子的疾病可以轻松治愈时,它长长地吐了一口气,而且,巫医所要的羽毛的主人正是自己最好的朋友,这很容易办到。蜜蜂飞快地来到林鸟家,向林鸟提出了自己的请求。

当林鸟得知蜜蜂的儿子、自己的小侄儿生重病的时候,心里非常难过。作为蜜蜂最好的朋友它怎能袖手旁观?!于是,它拔下一根漂亮的羽毛递给蜜蜂。

蜜蜂拿着漂亮的羽毛飞到巫医家中，把羽毛递给巫医以换取药方。

蜜蜂的儿子由于林鸟的帮助得以起死回生。看到孩子康复了，大家都很高兴。

几天后，林鸟的孩子从树上摔了下来，林鸟急忙飞到巫医的家里寻求治疗的良方。巫医向林鸟索要一对蜜蜂的翅膀，只有得到那对翅膀她才愿意治疗小林鸟。

没有办法，林鸟只能忧心忡忡地赶到蜜蜂的家里。蜜蜂听到朋友的请求后，心想自己只有一对翅膀，所以一只翅膀也不能给它。它知道自己缺少了翅膀一定会被其他动物杀死的，于是，它断然拒绝了朋友的请求。后来，林鸟的儿子一病不起，没了性命。

从那天起，林鸟和蜜蜂便成了公开的敌人。蜜蜂不能出现在林鸟的面前，不然，林鸟会一直追逐它。

林鸟还四处寻找蜂巢的踪迹，找到了就摧毁它。人类则利用林鸟对复仇的渴望来寻找蜂巢。这一切的起因都是仇恨。

惩罚狐狸

导读

在公鸡大叔居住的村子里，村民们都在抱怨村子里太吵了。于是酋长派人去查吵闹的原因，结果发现原来每晚狐狸都去惊扰公鸡一家，吓得母鸡和小鸡们总是不停地大叫。酋长通知狐狸和公鸡，说要找它们谈话。然而狐狸还没等酋长发话，就先被砍下了头……

在公鸡大叔居住的村子里，大家都在抱怨村子里太吵了，特别是晚上，很多人都不能安静地入睡。

数不清的抗议声促使酋长派出一些人到处查找吵闹的原因。到了晚上，很多村民把自己武装起来，带着棍子等武器外出巡逻，准备随时消灭噪声的制造者。

后来，大家认定该死的噪声制造者是狐狸和公鸡一家。每晚出来觅食的狐狸总把公鸡一家惊扰得够呛，母鸡和小鸡们都吓得不停地大叫。

酋长命人通知狐狸和公鸡，第二天要和它们两个进行一次严肃的谈话。

由于狐狸是噪声和骚乱的真正制造者，它的心里非常害怕。第二天一大早，它去找公鸡，希望它能尽弃前嫌，说动酋长让他对自己网开一面。

远远地，公鸡就看见了朝自己家走来的狐狸，公鸡猜出了它的意图，于是，把头藏在自己的翅膀下面。

“亲爱的朋友，酋长让你和我一起去他的家里。”狐狸走到公鸡身边说道。

“朋友，现在我心里非常害怕。你知道那里有什么惩罚等着我们吗？我不想让别人来执行这个惩罚，所以我已经让我的妻子把我的头砍了下来。你没看见我已经没有头了吗？”

狐狸听到公鸡的话吓得浑身发抖，它跑回家里让妻子把自己的头砍下来——它以为这样便不用到酋长家里接受这残酷的惩罚了。

狐狸的妻子找出一柄很大的斧头，一举砍下了丈夫的头。

就这样，总是喜欢偷鸡摸狗的狐狸，给了自己一个最严厉的惩罚。

猴子与鳄鱼

导读

曾经，猴子和鳄鱼是一对好朋友，它们吃在一起，住在一起，彼此之间无话不谈。一天，它们相约一起出去寻找食物，但等回村之后却变成了仇敌。它们之间发生了什么呢？

曾经，我们故事的两位主人公鳄鱼和猴子是一对极好的朋友，彼此之间无话不谈，住在一起，吃在一起，好像它们两个是一对亲叔侄一样。

在一个阳光明媚的日子里，猴子邀请鳄鱼一起到外面找食物——它们的食物已经出现了短缺。

“叔叔，我们出去转一圈吧！”猴子邀请鳄鱼说。

“我的侄儿，我们去哪里啊？”鳄鱼问道。

“去附近的一个村子！距离这里不远，那里有很多美味的水果。”猴子回答。

“那里有什么？”鳄鱼又一次问道。

“叔叔，我们一起走吧！那里有很多水果，还有公鸡呢。”猴子说。

鳄鱼觉得这是一个令人兴奋的好消息，所以，它对这次旅行充满了期待。在它们约定的那一天，它带上自己家里剩下的食物，和猴子一起踏上了寻找食物之旅。

虽然猴子是身手灵活、善于跳跃的动物，但它非常喜欢趴在其他动物的身上。在这次漫长的旅行中，它也同样保持着自己的生活习惯，并且上蹦下跳。它先是跳上鳄鱼粗糙的后背，然后站在鳄鱼的身上向它问好。渐渐地，鳄鱼感觉到背上的猴子越来越重，猴子的行为让鳄鱼前往目的地的信心有些动摇——况且它们两个从来没有去过那个村子。

走了很久以后，它们终于看到一个村子。那里长满了香蕉树、鳄梨树、咖啡树等。猴子立即爬上果树，并且把自己看到的水果告知叔叔。此时的鳄鱼，体力已经达到了极限，又饥饿又疲惫。它说：

“哦，我的侄子！我已经不能再继续赶路了，必须停下来吃点儿东西，然后再好好地休息一下。”

“哦，我的叔叔，你为什么不提前说呢？这里还有几个水果，现在我们可以把它们吃掉。”猴子说。

它开始采摘树上的果子。鳄鱼在树下忽然看见前方不远处的香蕉树上长有一大串香蕉，而且，这些香蕉已经全部熟透。它给自己的侄子发出了一个信号：

“嘿！我的侄儿，你顺着我指给你的方向看。”

“我的叔叔，你看到什么好东西啦？”猴子问道。

“你看看吧！”鳄鱼说。

猴子从树上跳下来，顺着叔叔手指的方向看去，但是，它只看到一些非常青涩的果子。它又走到鳄鱼的身边，以确定鳄鱼指的位置，后来，它终于发现了那棵长着一大串香蕉的香蕉树。猴子对鳄鱼说：

“哈哈哈！我的叔叔，我们有吃有喝啦，还可以尽情地休息，然后，我们再继续旅行。”

鳄鱼也非常高兴地说：

“非常好，我的侄儿！如果我还年轻，一定有力气爬到香蕉树上，然后把那大串香蕉摘下来。”

“哦，叔叔！你年纪大了，劳累的活儿就让我干吧！我的身体轻盈，可以跳跃得很高。况且，爬上去摘香蕉是一件非常简单的事情。”猴子说。

鳄鱼像以前一样接受了侄子的建议。猴子的动作十分灵活，仅用几秒钟的时间，它便爬上了那棵香蕉树。它找到一个极佳位置坐在树上，把所有的熟香蕉都吃掉了。这时，它的叔叔依旧在树下面等待着自己的侄子把那大串香蕉扔下来。迟迟不见侄子的身影，着急的鳄鱼开始摇动香蕉树——它想确定猴子是否在树上坐着。猴子坐在晃动的香蕉树上对鳄鱼说：

“叔叔，你再等一下！现在我在找一个避免摘香蕉时让香蕉受到损害的方法。这个工作非常难啊。”

“是啊，我的侄子！有高超的技术你才能走得更远，做事情不要着急，毛手毛脚会把香蕉弄坏的，那样我们什么也得不到了。”鳄鱼回答说。

一段时间过后，猴子挺着鼓鼓的肚子从树上跳下来，它没有给鳄鱼叔叔一根香蕉，却对它说：

“哦，我的叔叔啊！我觉得我们应该去找其他的香蕉，刚刚那串香蕉太青了，而且上面长满了虫子。”

鳄鱼这时才记起猴子善于玩弄诡计，而香蕉又是猴子最喜欢的水果。它开始明白自己的侄子在撒谎。随后，它对猴子说：

“好吧，我的侄子！如果你摘不到那串熟透的香蕉，那么让我试试运气吧！”

“好吧，叔叔！你可以上树，让我在这里帮你捡掉落下来的香蕉吧。”猴子说。

鳄鱼开始爬树，它的确爬了一段距离，然后它试图晃动香蕉树，想把香蕉晃得掉下来。地上的猴子有些害怕——它怕鳄鱼发现那串香蕉离奇失踪的原因。猴子慢慢地爬到鳄鱼身后，猛地抓住鳄鱼的尾巴用力一拉，只听砰的一声，鳄鱼从树上重重地摔在了地上。全身无力的鳄鱼躺在地上一时动弹不得。过了好一会儿，鳄鱼才缓过劲儿来，它站起来想攻击猴子，可是，狡猾的猴子看到鳄鱼摔在地上后便撒腿逃走了。

猴子放弃旅行回到自己的村子。愤怒又痛苦的鳄鱼同样放弃了旅行。这一天，在村子里，鳄鱼遇见了猴子，它立刻开始追赶猴子。行动敏捷的猴子迅速地逃到了河对岸。鳄鱼愤怒地说：

“猴子！你这个忘恩负义的东西，我永远不会原谅你。从今天开始我们不再是叔侄关系。你不要再想着去河里喝水了，我会在那里一直盯着你；你也不要再想着跨入河流了，你以后只能从树上跳到河的另一边。如果你想游泳过河，你就会变成我的盘中餐！”

乌龟和豹子

导读

乌龟和豹子都想娶酋长的女儿为妻。酋长是一个很有野心的人，他认为乌龟只会抓蚂蚱，豹子却可以猎杀大型的动物，于是他看中了豹子。然而乌龟并不示弱，它做了一件事来证明自己的实力，最终赢得了酋长的认可。乌龟究竟做了什么呢？

乌龟和豹子为了解决它们的单身问题，一起到城里为自己挑选未婚妻。乌龟遇见了酋长的女儿并爱上了她，随后，它把这件事告诉了豹子。谁料想豹子也喜欢酋长的女儿，可听了乌龟的话，它只能去挑选其他姑娘了。酋长是一个有野心的人，他期望自己的女儿嫁一个有钱有势的丈夫。因此他到处说，乌龟只会抓一些蚂蚱，而豹子可以猎杀大型的动物，所以他决定把自己的女儿嫁给豹子做妻子。

乌龟不同意这番说辞。这一天，它宣称自己要出去打猎，却遭到人们的嘲笑，但这并没有动摇乌龟的决心。它来到一条布满石头和木棍的大路上，安静地待在那里。

一段时间过后，两只羚羊出现了。

“乌龟，你在做什么啊？”两只羚羊问道。

“在把自己的篮子装满之前，我想在这里休息一下。”

“你能拎着篮子回去吗？”两只羚羊嘲笑说。

“为什么不可以？我有能力拎动篮子，即使把你们放在我的篮子里我也拎得动。”

两只羚羊无所顾忌地大笑起来，为了证明乌龟在吹牛皮——它们认为乌龟根本拎不动装有两只羚羊的篮子——它们主动钻进篮子里。乌龟立刻上前把它们两个捆绑好，并对它们解释说，捆绑它们是为了防止它们在路途中掉下来。就这样，乌龟抓住了两只羚羊，随后，它杀死了两只羚羊。

接着，它请求其他动物帮它将两只羚羊运到酋长的住所。当大家看到被乌龟捕获的羚羊，都非常吃惊。酋长认为乌龟有能力成为强大的动物，也能给自己提供丰富的猎物，所以，他决定把自己的女儿嫁给乌龟。

猴子和兔子

导读

与朋友相处，我们应懂得尊重对方，真诚友善地对待彼此。只有这样，我们的友谊才会更加美好和稳固，而不是像故事里的猴子和兔子那样。

猴子和兔子曾经是好朋友，它们像亲兄弟一样居住在一起。有一天，猴子看到兔子正在睡觉，便嘻嘻地笑着用力拉扯兔子的耳朵。

兔子从睡梦中醒来觉得非常难受，心里很不高兴。它觉得非常痛苦，所以一直没有和猴子说话。

猴子见此情况，赶忙请求兔子原谅自己。它说：

“哦，我的朋友，别生气，我只是想把你的耳朵伸展开。”

但是，它说这话时却喜笑颜开。

兔子回答说：

“没关系。”

几天后，兔子看见猴子正在睡觉——躺在一棵大树下鼾声如雷地睡大觉。兔子自言自语地说：

“现在该轮到你了。”

兔子爬上树，然后用力地从树上跳了下来，正好落在猴子的尾巴上。惊醒过来的猴子心里很生气，它质问兔子为什么要这样做。而兔子却淡定地说道：

“哦，朋友，你不要生气！我以为你的尾巴是一条蛇，所以才会那么做！”

当猴子听到朋友的话时，一句话也说不出来。

村子里的老鼠

导读　村子里的老鼠们厌倦了整日被猫追赶的生活，于是它们决定召开一次大会，商讨如何让猫灭绝……

居住在村子里的老鼠们厌烦了整日被猫追赶的生活，它们总是看到它们的同类死在猫嘴巴里。于是，它们决定召开一次大会。会议的议题是：如何让猫灭绝。

经过激烈的辩论之后，大家终于取得了一致的意见——大家想到了同一个解决办法：在猫的脖子上挂铃铛。当猫攻击老鼠的时候，它一跑动铃铛声就会响起，老鼠们就可以立即逃跑。这样，用不了多久，吃不到食物的猫就会灭绝了。这真是个好办法！所有的老鼠都同意这个办法。

会议主席说：

"我们成功地想出了好办法，现在该谈执行问题了。谁愿意当第一个把铃铛挂在猫脖子上的志愿者呢？"

老鼠们开始相互看着对方，却没有一只老鼠愿意去执行这个光荣的任务。

所以直到今天，猫还在繁衍生息，而老鼠依然是猫钟爱的食物。

兔子和乌龟

导读

兔子和乌龟是一对好朋友。它们约定好一起辛勤工作，种植大豆。然而，当收获的日子终于来临时，它们却无法一起享用美味的食物。这也告诉我们，我们既应该一起分担工作的劳苦，也应该一起分享收获的果实。

兔子和乌龟是一对很好的朋友。有一年，它们约定一起种植大豆——当大豆成熟时，它们还会在一起将收获的大豆制成美味的大豆饭。

收获的日子终于到来了，正当它们准备好了美味的餐食时，兔子说道：

“好朋友，我想起来还要给一个人带个口信。我马上回来，请你稍等一下。”乌龟承诺会等它回来一起吃饭。

兔子走出去几米远后，穿上一件燕尾服，开始用石子砸自己的朋友。乌龟看到石子纷飞，感到非常害怕。为了避免被石子砸中，它放弃了香喷喷的大豆饭，跑了出去。随后，兔子返回屋子独自吃完大豆饭。接着，它脱去自己身上的燕尾服。

当乌龟回来的时候，兔子问它屋内一地的石子是怎么回事。乌龟请求兔子原谅，它说：

“也许是哪只讨厌的猴子在捣乱。”

“也许是吧！”兔子摆出一副无所谓的样子。

接下来的几天，兔子总是使用同样的手法独自享用美味的大豆饭。后来，乌龟开始怀疑兔子——因为它总是在同一时间出去传递口信。有一次，乌龟假装躲避石子逃了出去，它偷偷地藏在灌木丛后面，静静地观察——它终于知道是谁扔的石子了。气愤之余，它决定效仿兔子的做法。

乌龟对兔子说：

“好朋友，自从我们收割了大豆，还没有祭祀过我的祖先的灵魂。它们居住在河里，也许，就是它们的灵魂在向我投掷石子呢。我们还是把大豆扔到河里吧，一来寄托我的哀思，二来避免再次被石子砸。”兔子非常迷信，听到“灵魂”的时候心里充满了恐惧。它立即同意了乌龟的建议。接着，居住在水中的乌龟跳进河里，独自把豆子吃完。随后几天也都是这样。

吃不到大豆的兔子渐渐不喜欢这种祭祀祖先的方法了。产生怀疑的它往河里撒豆子的时候，故意把豆子挂在鱼钩上。当乌龟潜进水里吃豆子的时候，把鱼钩也吃了进去，接着，兔子把它钓了上来。从那时起，它们之间的友谊就终结了。

狼和野羊

导读　狼是凶狠的，羊是弱小的，但为什么弱小的野羊总是敢于在夜间出没呢？它不怕受到狼的攻击吗？

有一天，一只野羊对狮子说：“有一位狼先生在法院工作，它想到这里来探望我。”

“你如何看待这件事啊？”野羊问狮子。

“我的上帝，你太天真啦！难道你不知道它会吃你吗？不过，你和我待在一起，它肯定不敢吃你！”

那天夜里，狮子躲藏在野羊的洞穴附近，没过多久，它便听到说话声：

“亲爱的野羊女士，你在吗？”

这是狼的声音。

“我在，你想干什么啊？”狮子模仿野羊的声音回答道。

“我想和你组成一个团队，像之前我们说好的那样。”

与此同时，狼慢慢地走进野羊的洞穴，想要出其不意地抓住自己的猎物。但是，另一边的狮子猛地跳出来袭击了它。受惊的狼只能用最快的速度逃跑了。

第二天，野羊看到狼身上有很多伤口，问它到底发生了什么事情。

“你怎么会不知道发生了什么事情呢？！我只是想和你开个小玩笑，现在我却成了这个样子！”

从那天起，狼再也不在晚上去找野羊了，因为它害怕再一次被攻击。

直到今天，狼也不知道如此瘦弱的野羊为什么总是敢于在夜间出没。

长颈鹿的传奇故事

导读　长颈鹿的脖子和腿为什么会比其他动物的长出许多呢？快来看看下面这篇关于长颈鹿的传奇故事吧。

很久以前，长颈鹿的脖子与腿的长度和其他动物的差不多。

那个时候，曾经发生过一次可怕的旱灾。动物们吃光了所有的绿草，甚至干草和枯草也被吃光了，它们需要走很远的路去寻找水源和食物。

一天，长颈鹿遇见了自己的朋友犀牛。天气非常热，它们两个缓慢地走在路上。当它们走近干涸的水塘时便开始不停地叹息起来。

“哎呀，我的朋友，你看看那么多动物都在干涸的水塘边挖坑找水……大地太干旱了，但是，金合欢树却依旧长青。”

“嗯嗯！”犀牛说——那时的犀牛不爱说话。

“如果可以吃到高处树枝上的绿色叶子就好了，但是，我们不能上树，所以吃不到。”

犀牛看着高处的树枝，点点头表示同意。

“也许，我们应该去和巫师说一下，他是一位强大的智者。”犀牛说。

“好主意啊！你知道巫师的家在哪里吗？”长颈鹿问道。

犀牛点点头表示知道，接着，它带着长颈鹿朝巫师家走去。

它们向巫师解释了自己的来意。

听了它们的来意后，巫师呵呵地笑着说：

“太简单了。明天你们再来我家里一趟，我会给你们一种魔草。它可以让你们的脖子和腿继续生长。这样你们便可以吃到金合欢树上的绿叶啦。”

第二天，只有长颈鹿在指定时间来到了巫师的家里。

原来，犀牛做事拖拉、爱分心，它在来的路上看见一丛青草，一高兴便忘记了和巫师的约定。在吃过青草之后，犀牛才想起自己和巫师的约定，它飞快地跑到巫师的家中，但巫师早已经把魔草给了长颈鹿。

长颈鹿独自吃掉了为它们两个准备的魔草。很快，它感觉到自己的头部飞快地与地面拉开了距离。

“太棒啦！”长颈鹿心想。它闭上了双眼，一段时间后，它慢慢地睁开双眼——觉得整个世界发生了改变！云彩距离自己非常近，它还可以看到很远的东西。

长颈鹿看着自己的大长腿，扭动着自己的大长脖子开心地笑起来。在它的面前有一棵翠绿的金合欢树……

长颈鹿走了两步便吃到生命中第一口金合欢树叶。

当长颈鹿开始随心所欲地吃着金合欢树的绿叶时，没有拿到魔草的犀牛正在生气，它觉得自己被人欺骗了——它并不认为这是因自己迟到造成的损失。

愤怒的犀牛把巫师驱逐出了热带草原。

有人说从那天起，犀牛看到人类便会大发雷霆，不让人类出现在自己的视线范围内。

可乐果

导读　在非洲西部，可乐果是人们非常喜爱的一种果实。关于它，这里又有什么神奇的故事呢？

在非洲西部，无论是年轻人还是老年人，男人还是女人，大家都喜欢咀嚼可乐果（原产于非洲热带雨林的锦葵目梧桐科植物。当地土著居民喜爱在口中咀嚼可乐果，可以当作疲劳恢复剂）。尤其是老年人，总是放一两个可乐果在自己的口袋里。在这里，它是一种非常出名的果实。

可是，你知道可乐果的由来吗？

从前，有个名叫可乐果的男人决定开垦一片荒地，并在地里面种植一些芋头。他抡起锄头努力耕地。距离田地不远的村子里，居住着一些天才。他们不愿意听到锄头锄地的声音，便不耐烦地问道：

“谁在那里锄地啊？”

可乐果回答说：

“是我啊！我在这里清理一片田地，准备种植芋头。”

天才们立马叫上自己的孩子们去帮助可乐果锄地。没到中午，一片地已经平整完毕。可乐果先生满心欢喜地回到村子里。

后来，可乐果在农田里种植芋头时，同样的事情发生了：村子里的天才们和他们的孩子又前来帮忙。

再后来，当可乐果拿着自己的大砍刀清理芋头根部的杂草时，天才们又在那里问道：

“谁在那里锄地啊？”

“我，可乐果，我在给芋头田除草啊。”

天才们立刻又带着孩子们前来帮助可乐果除草。

现在，可乐果只需要等待芋头成熟的季节到来。在这段时间，他决定到南方和东方去访问水里的朋友和森林里的朋友。走之前，可乐果把自己的锄头留给了妻子。

一天，可乐果的妻子把小儿子背在自己身后就出去捡柴火，小孩子开始哇哇大哭。为了让孩子安静下来，她去田里挖了一个还没有长大的小芋头。

当她挖出小芋头的时候，村里的天才们问道：

“谁在那里挖芋头啊？”

“是我，可乐果的妻子。我挖一个小芋头给我哭闹的孩子吃。”她回答。

谁知天才们和他们的孩子立即赶了过来，和她一起挖芋头。不一会儿，地上堆满了个头很小的芋头。

可乐果的妻子看到这灾难性的场景大哭起来。当可乐果旅行回来之后，她仍然在哭泣。可乐果问道：

“你为什么哭啊？”

她说出了原因。可乐果生气地打了她一巴掌。村子里的天才们听到了巴掌的声音，他们问：

“谁在那里打人啊？”

“是我，可乐果，我在打自己的女人。”

很快，天才们和他们的孩子也来帮助可乐果了——他们打死了那个女人。

可乐果根本不需要走到近前来查看妻子，因为她已经没了呼吸！他开始放声大哭。正在这时，一只蚊子飞过来叮在他的胳膊上，他伸手去拍打被蚊子叮咬的地方。村子里的天才们继续问：

“谁在那里拍打胳膊啊？”

“是我，我在拍打一只叮咬我的蚊子。”

很快，天才们和他们的孩子过来要帮可乐果拍打他的胳膊。

可乐果慌忙逃跑了。情急之下，他跳进一位老者的口袋里。所以，现在很多老头儿们的衣服口袋里总有一颗可乐果。

公主的婚礼

导读

雨水和火都想娶美丽的安蓓娜公主。为了不得罪它们，国王决定为它们举行一场跑步比赛，获胜的一方将娶到安蓓娜公主。

漂亮总是与安蓓娜公主结伴而行——所有美丽动人的特征都集中在她身上：细长的脖子、圆润的脸庞和美丽的秀发。

安蓓娜的父王总是笑着面对世界。每次见到女儿他都要欣赏一番。他认为女儿到适婚年龄时一定会不愁嫁。几年之后，安蓓

安蓓娜公主的美丽吸引来众多追求者，究竟谁能够获得她的青睐呢？

娜公主变得更加漂亮，美丽的装扮也为她增添了更多的韵味。她穿着五颜六色的丝绸服装，戴着项链和耳环，看起来十分雍容华贵。

安蓓娜的美丽被人们到处传颂，以至于传遍了整个非洲大地。后来又通过大海传到了天上，住在天上的男人们也不远万里赶到她居住的地方想一睹公主的芳容。

第一批想迎娶公主的是火和雨水。雨水来的时候有些躲躲藏藏，它拿着两匹用纯丝绸制成的肯特布（流行于加纳的一种布匹。在古代，这种布只供国王和权贵使用）献给美丽的公主殿下。

雨水追求公主时的羞涩和温柔，显示出雨水对公主深深的爱意。

安蓓娜心里非常开心，她高兴地接见了自己的第一个追求者——它全身湿漉漉，身体有一种丝滑的感觉，说话的声音像是流水在唱歌……忽然，动人的诗歌在她的耳边响起：

> 美丽的你像小鸟一样温柔地散步，你可以把水带回自己的巢穴……

“美丽的安蓓娜，期待你的消息。期待你能来到布基纳法索（非洲西部沃尔特河上游的内陆国）的大草原，期待你能到几内亚湾（西非沿岸大西洋的一部分）。在科特迪瓦（非洲西部的国家）的森林里，你再也找寻不到像我雨水一样强大的男人。是我让植物们生长，是我让青草疯长，是我让庄稼丰收在望。人们都在感谢我。在河里和透明的湖泊里生活着无数的鱼儿，你可以在湖里游泳、钓鱼。”

雨水的话就像一个个美丽的音符飘进了安蓓娜的耳朵里，她孤独的心从未像现在这样温暖。随后，她答应了雨水的求婚。她让雨水明天再来一次，在这之前她将把所有的细节告诉自己的国王父亲。

但是，在安蓓娜同意嫁给雨水先生的同时，国王也答应把女儿嫁给火先生。这第二位求爱者也想牵手美丽的公主。火向国王进献了很多华丽的衣服，布料非常名贵，它对国王说：

火也喜欢公主，却选择先来讨好国王。相比雨水亲近心上人，火更倾向于诉诸权威，这也导致火没能赢得公主的芳心。

“我的国王，众所周知，从布基纳法索的草原到几内亚湾的沙滩上，甚至是在多哥（非洲西部的国家）的植物园以及科特迪瓦的大森林里，没有任何人可以强过我火。我可以驱逐危险的动物，可以做饭烧菜，可以照亮无尽的黑夜，在寒冷的季节还可以温暖人们的身体。你想想，谁能给你漂亮的女儿提供这些条件呢？请把她嫁给我吧！”

国王对这位求爱者的印象非常深刻，他说他会告知自己的女儿，并且让火第二天回到这里商谈具体的细节。

随后，国王唤来女儿，并告知她自己的

决定：

“我为你找到了一位如意郎君！”

“爸爸，怎么回事啊？”

“我已经承诺火先生把你嫁给他！”

“你让我和火结婚？！可是，我已经同意嫁给雨水先生啦！”

事情变得非常混乱！国王非常担心，他试图找出解决方法——因为公主不想违背自己的心。

国王既想保全女儿的幸福，又不愿失信于民。

“我们不能违背自己的承诺啊！否则以后我该如何面对我的子民？！也许，只有用这样的办法了！”国王坚定地说。

第二天上午，天空并不是很晴朗，当太阳从地平线上升起时，火和雨水来到了国王的土地上。不一会儿，它们两个来到宫殿拜见国王。但是，它们并不知道对方的想法。国王看到它们到来立即起身迎接，并且告诉它们自己已经敲定了女儿出嫁的日期。

“我和她的婚礼日期吗？”火和雨水同时问道。这时，它们两个才意识到其中的问题。但是，国王却急忙说：

“安蓓娜公主只会嫁给胜利者，所以，婚礼当天我将为你们举行一场跑步比赛！”

雨水和火即将举行比赛的消息像骤雨一样迅速传播开，又像火蛇一样引来迅疾而热烈的讨论。在整个非洲西部，人人都在猜测公主将

国内百姓和安蓓娜公主的心情形成对照。对于旁观者来说，雨水和火的比赛盛大热闹，人们对比赛结果充满了好奇和期待；安蓓娜公主却为自己的未来感到担忧。

牵手哪位英雄。一些人认为火会取胜，另一些人则认为雨水会获得命运的垂青。

只有安蓓娜公主不在乎比赛的结果。因为她只想嫁给自己心中的如意郎君雨水。她不愿意做出违背内心的事情。

但是，这个秘密她不能和任何人分享。她怎么能违背父王的命令呢？但是，如果她受到伤害，她会变得悲伤，悲伤也会慢慢地摧毁她的美丽。

出嫁的日子到了。那是一个欢乐的日子，整个王国都因为比赛和婚礼而装饰一新。大家都在等待比赛的最终结果。

国王发出命令，雨水和火开始努力奔跑。每一面覆盖着黑羚羊皮的手鼓都在不停地震动，喇叭和小号也向空中发出震耳欲聋的声音，它们在鼓舞、催促着比赛中的选手。所有的地方好像都在歌唱：

手鼓、喇叭和小号的声音既营造出盛大热闹的比赛场面，也加剧了比赛的紧张气氛。

我想听你敲鼓，
我想感觉到你舞动的脚步。
我想听你打鼓，
我想感觉到你跳动的脚步……

火即将获得胜利，因为一股风帮助了火，使它的火焰变大数倍，所以奔跑的速度更加快了。雨水已经筋疲力尽，当它想喷射出更多水珠的时候，它的身体变得更加沉重，而且很多水滴落在地上立即就消失了。火领先了，它把很多的灰烬留在自己身后，灼热的灰烬炙烤着大地，它马上就要成为胜利者了……

但是，在火快要抵达终点的时候，剧烈的雷鸣声从海湾边传到大山的脚下，声音持续在空中回荡。随后，一场极其罕见的大暴雨倾盆而下。雨帘就像疯狂地奔跑在大草原上的大象一样，没有人可以看清楚它的长鼻子。一时间好似世界上全部的雨水都快速、闪亮地砸落在树叶上，啃咬着石头，捶打着地面。

将雨帘比作疯狂奔跑的大象，形象具体，雨水的浩大如在眼前。“快速、闪亮地砸落”“啃咬”“捶打”等动词又进一步强调了雨水的强劲迅猛。

火无畏地往前奔跑，它距离比赛终点只剩下几米的距离了。但最终，雨水成了比赛的冠军，而火被无情地浇灭了！

最幸福的人莫过于安蓓娜公主了，她从未感觉到如此幸福。她展开双臂紧紧地抱住天上的雨水，此时此刻，她感到了从未有过的快乐。她的整个身体都在回忆雨水的胜利。大家尽情地舞蹈，手鼓的节奏越来越快，那声响持续了整整一个晚上。

从那天起，火和雨水成为不共戴天的仇人。但直到现在，人们仍然保持着这样的传统：每次天空中下起大雨时，人们都会停下脚步在雨水中尽情地舞蹈——所有人都仍然记得安蓓娜公主的婚礼。

成长启示

雨水和火都喜欢安蓓娜公主。火试图用很多华丽的衣服讨好国王，来得到婚姻的许可。雨水则直接来到公主面前，用温柔的歌声和贵重的礼物来表达自己深深的爱意，最终赢得了公主的芳心。可见，相比于物质财富，一颗温柔真诚的心更为宝贵。它能够消除彼此的隔阂，带来温暖和信任，使我们活在充满爱的世界里。

要点思考

1. 假如火赢得了跑步比赛，你认为安蓓娜公主会嫁给它吗？为什么？

2. 除了这个故事外，你还知道哪些关于水和火的故事呢？

小伙子雅布拉尼和狮子

导读

善良的雅布拉尼帮狮子脱险，狮子却想吃掉他。他们一起去找动物们评理，结果只有小豺站在雅布拉尼一边。雅布拉尼能否摆脱狮子的魔爪呢？

曾经天空中有很多月亮，那时，人类可以和动物们沟通。一个名叫雅布拉尼的勇敢的小伙子居住在一个屹立着大山和森林的非洲国度里。

在他们的语言中，雅布拉尼的意思是“带来幸福的人”。当他来到世界上的时候，他的父母感到无比幸福。他出生在一月份一个炎热的上午，他的到来给大家带来了很多爱。

小时候，雅布拉尼就特别喜欢帮助他人。因为当他帮助别人的时候自己也会感到幸福。他拥有一个超能力：可以帮助他人平复内心的痛苦，甚至，让人感到幸福——雅布拉尼可以让大家变得幸福快乐。他的爷爷说，小伙子拥有无比强大的能力，一种只有人类懂得使用的能力。

在一个阳光明媚的日子里，雅布拉尼高兴地走在森林里。当他穿过一片空地的时候，听到一个非常悲伤的求救声：

“救命啊！有人可以帮助我吗？请帮帮我啊……我需要离开这里！”

小伙子开始循着声音寻找，然后，他发现一个陷阱——猎人在荒草地中间设下的陷阱。究竟是谁掉进了陷阱里呢？小伙子探头一看，原来是头愤怒的大狮子。

“狮子先生，我叫雅布拉尼。”他急忙向狮子进行自我介绍，“你怎么会掉进陷阱里呢？”

“哦，你觉得谁愿意掉进这个可悲的地方？！”狮子喘着粗气继续说，“小伙子，我已经被困在陷阱里一整天了。现在又渴又饿，请你帮助我离开这里。”狮子说话的时候，脸上露出一副可怜相。

雅布拉尼非常喜欢帮助别人。但是，他并不愚蠢，他知道应该格外小心，如果狮子从陷阱里面跳出来一定会攻击自己，并且用它锋利的牙齿吃掉自己。

“狮子先生，我了解你的困境。但是，谁能保证你从陷阱里出来后不会吃掉我呢？”

“亲爱的小伙子，我不会做出忘恩负义的事情！我怎么能攻击自己的救命恩人呢？你说对吗？我向你承诺，我绝对不会做出你所说的事情。”

雅布拉尼想啊，想啊，他决定相信狮子的话。他认为狮子会信守承诺！

“好吧！我相信你的承诺。”随后，雅布拉尼来到陷阱边，放下一条系着死扣的绳子把狮子救了出来。

狮子爬出陷阱，大口喘着粗气，然后活动着自己的四肢——它在那狭小的陷阱里停留了太长的时间，所以四肢已经开始变得僵硬。活动完身体之后，它慢慢地转过身，眼睛饶有深意地看着小伙子。

“雅布拉尼，在我吃掉你之前需要到河边喝点儿清水！”

雅布拉尼不敢相信狮子的话，他觉得自己的耳朵听错了。

“狮子先生，你在开玩笑吗？你怎么能这样做啊？”小伙子脸上带着苦涩的微笑，语调里却透着一丝恐惧。

狮子非常严肃地看着他说：

“不行也得行。现在，你跟我一起到河边喝水，然后我再吃掉你。现在我非常口渴，也很饥饿。”

“可是，你曾向我承诺不会做出伤害我的事情！狮子先生，你曾向我承诺过！”雅布拉尼大声说。

狮子抚摩着他的头回答说：

“是啊，我向你承诺过，你说得有道理。但是，在饥饿和绝望面前承诺已经变得不重要。所以，我觉得吃掉你理所当然！”

内心十分恐惧的雅布拉尼鼓起勇气大声地喊出响亮的话：

“不公平！不公平！先生，是我帮助你逃出陷阱的！你怎么能伤害帮过你的恩人？现在，我们去森林里问问动物们的意见吧，它们知道谁有道理。”

狮子非常饥饿，但是，它不想有失公允，更不想让这件事成为自己的污点。所以，它也想听听动物们的意见。

“好吧！如果它们认为我的决定是错误的，我就会让你离开。

不过，我们必须快点儿，我的肚子已经在不停地咕咕叫了。”

等狮子饮完水后，雅布拉尼和狮子碰见了一头又老又瘦的驴子，它正在那里啃食干草。

“驴子先生，下午好！有一件事我想请你给出自己的意见，它关乎我的生和死。”

“好的，小伙子，你跟我说说吧！”

接着，小伙子把事情的经过告诉了驴子：他遇到并拯救了狮子，可获救后的狮子却要违背诺言吃掉他。

“先生，你觉得这样公平吗？”

驴子陷入沉默，它思考了一会儿，清清嗓子说：

“我觉得公平，狮子吃掉你非常公平。因为狮子先生和你们人类一样，在饥饿难耐的时候，不会深思熟虑便杀死曾经帮助过你们的动物。”

驴子说这话的时候，眼睛里流露出愤怒和悲伤。接着，它又说：“你看看我的生活，我一生都在为人类劳动。我曾经没日没夜地搬运你们需要的东西，但是，现在我老了，你们便开始虐待我，把我抛弃在森林里，想让我饿死。你觉得这样公平吗？”

雅布拉尼低下头，小声说出“不公平”三个字。他觉得驴子这样说也很不公平，却又找不到反驳驴子的话。

难道因为人类的过错，他就要葬送掉自己的性命吗？

狮子转过身对雅布拉尼说：

“你听到了，驴子认为我的做法很有道理。现在我就来结束这一切。”说着，狮子准备抬起爪子攻击小伙子。

“我们应该再找一些动物，驴子只是它们其中的一员，不能代表所有的动物。现在，我们应该再去询问一些其他动物的意见。”

狮子有些恼火，低声咒骂了几句，但还是同意了他的意见，小伙子这才松了一口气。

后来，他们看到一头正在吃草的母牛，雅布拉尼和狮子向它问好。随后，小伙子把发生的事又讲述了一遍。母牛哞哞地大声说：

“人类是非常自私的动物，你们总是想着自己。对我来说，你们都是一样的！我们把自己最好的牛奶提供给你们，还要拉着犁在田地里为你们耕种。当我们老了，看看你们又做了些什么事情？你们把我们杀掉，吃我们的肉，还要用我们的皮制作衣服。所以，我认为狮子吃掉你是正确的。任何动物在饥饿的情况下吃东西都是公平的。你们人类对我们动物也做出过这样的事情。”

不甘心的雅布拉尼又向一头鹿、两只小鸟、一只鬣狗和三只兔子讲述事情的原委。结果它们一致同意狮子吃掉小伙子，因为它们都曾受过人类的背弃，因而都认为狮子吃掉小伙子很公平！

绝望的雅布拉尼心想：“我要死了，回不到我的家里了，再也见不到我的父亲、母亲、兄弟姐妹和我的朋友们……我再也回不去了！”

当狮子走到小伙子身边不停地嗅，准备一口吞下他时，一只小豺出现在他们面前。

“狮子先生，让我再问问它吧，它是我们最后一个见证人。”

“好吧，它可是最后一个见证人了。我不能再继续饿肚子了。”狮子说。

雅布拉尼来到小豺的身边，向它讲了一遍事情的前因后果。小豺傻傻地对狮子和小伙子说：

“我不是很明白。你们想要我给出意见，可是我需要看清楚曾经发生的事情。请你们带我到陷阱附近看看！”

就这样，雅布拉尼和狮子带着小豺来到陷阱旁边。小豺看着陷阱摇摇头说：“我不知道，也不明白狮子是怎么掉进陷阱里的。这个陷阱看起来那么小，而狮子的体形又那么大。”

饥饿和疲惫让狮子没有时间考虑：

“好吧，好吧，我来演示一下。现在我就跳进陷阱里，让你看看我在陷阱里的样子。”说完这话，狮子纵身一跃跳进陷阱里。

小伙子和小豺迅速交换了一下眼神，小伙子抱着沉重的心情看了一眼陷阱里的狮子，迅速地把陷阱的盖子盖上了。慌乱的狮子不明白究竟发生了什么事，而小豺像幽灵一样消失在森林的灌木丛里了。

老狼、小狼和甘卡婶子

导读

老狼和小狼一起去偷吃母鸡甘卡婶子的鸡蛋。小狼到了时间就赶紧撤离，老狼却因为贪吃鸡蛋，不肯离开。没过多久，老狼正忘情地享用着鸡蛋的时候，门外忽然传来了甘卡婶子的声音……

有一只老狼和一只小狼已经很长时间没有见过面了。

因为陆地上的食物很紧缺，每天，老狼都到大海里捕捉螃蟹、龙虾做食物。可现在能找到的食物越来越少，老狼饿得瘦骨嶙峋。

一天，老狼远远地看见了小狼。小狼竟然长胖了。老狼坐在一块石头上，双手交叉，显得有些悲伤……当小狼走到它身边时觉察到它很悲伤，便问道：

“叔叔，你为什么悲伤啊？”

老狼回答说：

“我不能再用牙签剔牙了，它扎在了我的嘴里。”

“我的叔叔，我可以帮你把嘴巴里的牙签拿掉，但你是一只聪明的狼……如果我把爪子放进你的嘴巴里，你就会咬我吧？”

老狼说：

“小狼，我不会那么做。因为我的牙齿很痛，嘴巴里放什么东西也不能用力地咀嚼。即使你让我咬你，我也做不到。”

“狼叔叔，那你张开嘴巴，我把你嘴巴里的牙签拔出来。”

小狼把自己的爪子刚伸进老狼的嘴巴里，老狼就猛地咬住它的爪子。小狼大声叫起来：

“啊啊啊！……我的叔叔，你说话不算数……怎么能咬我的爪子？”

“我怎么说话不算数啊？”老狼问道，“事情是这样的啊……告诉我，你是怎么寻找食物的？现在你那么胖，我却骨瘦如柴啊！”

“我的狼叔叔，这是因为我吃了母鸡甘卡婶子的鸡蛋！”

“好啊，你可以告诉我时间，大家一起去吃啊！”

“去那里必须在清晨，明天清晨我来叫你啊！”小狼说。

听到这儿，老狼松开了嘴巴，但是，它要求小狼留在自己身边。下午，它们一起走进圆形的茅草屋睡觉，而不留在开阔的地方。

深夜，肚子饿得咕咕叫的老狼说：

“小狼，我们出发吧！走吧！”

小狼说：

“叔叔，现在时间太早啦！我们要到清晨才出发，那时，甘卡婶子会出门采购。如果我们提前出发被它发现了，就吃不到鸡蛋啦。”

“好吧，小狼崽儿，我们等一下！”

过了一会儿，老狼又来催促小狼出发。

小狼想再等一会儿，老狼却坚持说：

“小狼崽儿，我们出发吧！走啦，走啦……”

“叔叔，我们再睡一会儿……现在时间还早。我们等到天蒙蒙亮……公鸡打鸣的时候再走！”

听见小狼这样说，老狼走出屋子来到房后，停留了一会儿后，老狼拍打着胸口叫着：

“咯咯哒，咯咯哒！”

接着它又来到小狼身边说：“小狼崽儿，公鸡已经打鸣了，现在我们出发吧！”

小狼心中充满了怀疑地说：

“我的叔叔，是你在模仿公鸡打鸣吗？我们还是等真正的公鸡打了鸣再出发吧。那时，天就亮了，我们能准确地找到鸡蛋的位置。”

过了一会儿，老狼从口袋里拿出一盒火柴，它划着火柴，点燃了圆形的茅草屋。接着，它转身对小狼说：

“狼崽子，你快起床，我们出发吧！太阳已经升起来了，你看天多亮啊！”

小狼赶紧从床上跳起来，跑到路上才说：

“我的叔叔，为了肚子你竟点燃了茅草屋……现在，我们只能在路上等到天亮了。”

天亮的时候，老狼和小狼开始朝着甘卡婶子家走去。不多时，它们便来到甘卡婶子家附近，它们径直走到大门口。

“门，请打开！”小狼命令说。

让老狼吃惊的是，门自己打开了，它们非常顺利地走了进去。在房间里，小狼又对着房门说：

“门，请关上！”

这时，门又自己关上了。老狼和小狼一口气吃掉了甘卡婶子藏在床下的大部分鸡蛋。

接着，小狼对老狼说：

“叔叔，到时间了，我们该离开啦！”

贪得无厌的老狼回答：

“哦，你这个厚颜无耻的小家伙！……我还没有吃饱，更何况袋子里还有些鸡蛋。”

“我要走了，现在我要离开了。”小狼走出茅草屋后，对着门说，“门，请关上！”

房门关上之后，小狼便从容地离开了。屋子里，老狼正忘情地独自享用着美味的鸡蛋。

就在这时，甘卡婶子回到了家。老狼听到动静后立即躲在门后。母鸡甘卡在门外命令道：

“门，请打开！”

老狼听到母鸡甘卡的叫门声后，赶紧回应道：

“门，请关上！”

就这样，它们僵持了几个小时。

“门，请打开！”

“门，请关上！”

“门，请打开！”

“门，请关上！”

“门，请打开！”

“门，请关上！”

…………

正在屋门不停地打开和关闭的时候，母鸡甘卡突然连声叫起来：

“门，请打开！门，请打开！门，请打开！……”

接着，屋门打开了。老狼正要躲闪，只见母鸡甘卡飞身抽剑，顺势向前一倾，利剑瞬间便划破了老狼的肚子——鸡蛋都在它的肚子里，只不过已经变成熟鸡蛋了。原来狼饥饿的胃里散发的热比火炉的温度还高。

小女孩儿几内亚

导读

从前，一位母亲有一个非常漂亮的女儿，她长得比太阳还要美丽，每天来提亲的人非常多。母亲因为害怕失去女儿，竟将她藏了起来。而太阳在得知小女孩儿被关起来之后非常担心，它每天都在寻找小女孩儿的踪迹……

曾经，一位母亲有一个非常漂亮的女儿，她比太阳还要美丽。所有见到她的人都为她着迷。每天来提亲的人络绎不绝。母亲非常害怕失去女儿，因为女儿是上天赐给她唯一的家人。她决定把女儿藏到一个全世界都找不到的地方。于是，这个名叫几内亚的小女孩儿被母亲带到山洞里藏了起来。

在那里，母亲和女儿艰难地度过了七年零七天的时间。为了改善艰苦的生活，母亲决定回到村子里做工。

临走前，母亲对自己的女儿说：

“女儿，你要留在这里，我这样做都是为你好。山洞的大门永远不要为这个世界的任何人打开，除非你听到我的歌声。”

这是一扇带魔力的大门，一块大石头遮住了山洞口，只有魔咒才能把它打开。就这样，几内亚每天都会收到母亲给她送来的食物和水。

每天早晨在太阳升起之前，每天黄昏在太阳落山之后，母亲都会用自己的歌声告诉几内亚她来送食物了。

她这样唱道：

几内亚，几内亚，几内亚，
开门，开门，
开门，开门。
谁在白天来到这里？
谁在黑夜来到这里？
几内亚，几内亚！

太阳得知几内亚被关起来后很担心，它灿烂的阳光已经很长时间没有照耀在小女孩儿几内亚的身上了。每天，它从天空中升起来后就开始在世界的各个角落里寻找小女孩儿几内亚的踪迹。

大家却都回答说，他们从未见过那个漂亮的女孩子。

太阳去问大海：“大海，你看到一个非常漂亮的女孩儿了吗？”

大海回答说：

“如果她比我的海浪还要美丽，你可以去问天空中的云彩。”

接着，太阳转身问白云：

“亲爱的白云，你看到一个非常漂亮的女孩儿了吗？”

变幻的云彩以为自己是世界上最漂亮的，它回答说：

“太阳先生，我没有看见，如果你不是在找我的话……”

就这样，太阳每天过着寻找小女孩儿几内亚的日子。当一天结束时，太阳会感觉非常疲惫，然后便回到大海深处巨大的床上。第二天，它又会早早起床重复着同样的寻找工作。

珍贵的土地

导读 两个欧洲学者到埃塞俄比亚考察。离开的时候，皇帝送给他们昂贵的礼物，却要求他们把鞋掌上的泥土留下。难道在这个国家泥土比礼物还贵重吗？

传说有一次，两个欧洲学者来到埃塞俄比亚（东非国家，首都是亚的斯贝亚巴。三分之二地区为埃塞俄比亚高原，在非洲各个国家中地势最高，有“非洲屋脊”之称）。他们从北到南走遍各地，游览了全国每一个角落。他们把埃塞俄比亚的山脉、道路、河流一一画在地图上。

消息传到了皇帝那里，皇帝知道了欧洲人在绘制地图，便派一个人陪伴着两位学者。

过了几年，欧洲人完成了自己的工作，陪伴他们的人返回亚的斯亚贝巴向皇帝报告：

“这两个人把他们所看见的一切都记录下来，他们观察尼罗河怎样从塔纳湖里流出，勘察山里有没有金子和银子，他们把大小道路都画到地图上。”

皇帝懂得，这两个欧洲人完成了一件重要的工作。他派一个仆从去找他们，希望能够在他们离开这个国家之前会见他们。

学者来了，皇帝向他们问好，设宴款待，并且给每人赠送了昂贵的礼物。

皇帝又派了几个仆从恭恭敬敬地护送学者来到海边。

当学者准备上船的时候，皇帝的仆从请求欧洲人停下，并请他们脱下鞋子。仆从们把鞋掌上的泥土细心地刷下来，然后把鞋子还给学者。学者对这种奇怪的风俗感到非常惊诧。

“你们为什么这样做呢？”他们问道。

“我们皇帝陛下祝你们一路平安，回到家乡。他还要我们向你们转达他的话：‘你们从遥远而富饶的国家来到这里，你们亲眼看见埃塞俄比亚是世界上最美丽的国度之一。它的土地对我们来说是无比珍贵的。我们在这土地上播种，在这土地上埋葬自己的亲人，我们躺在这土地上休息，在这土地上放牧。你们在高山、峡谷、旷野和森林中看见的小路，是我们的祖先、我们这一代和我们的孩子踩出来的。埃塞俄比亚的土地就是我们的父亲、我们的母亲和我们的兄弟。我们可以殷勤地接待你们，赠送你们礼物，但埃塞俄比亚的土地是我们所拥有的一切里面最珍贵的东西。所以，我们不能让你们带走哪怕是一粒微尘（通过对比，突出表现了埃塞俄比亚人对土地的重视和热爱，使人印象深刻）。’”

皇帝和智者

导读

智者告诉皇帝，将来会下一场有毒的黑雨，所有生物喝了这水，都会变成疯子。于是皇帝赶紧下令，让全国挖坑贮藏洁净的雨水。然而大部分人都不肯相信，只有老人和胆小的人听从了皇帝的命令。黑雨最终降落下来，大部分人都变得疯疯癫癫的，甚至来到皇宫造反……

从前，有一个皇帝非常尊敬他的智者。他喜欢同智者一起吃饭，一起谈论已经发生和可能发生的事情。他们在一起生活了很长时间，身体健康，精神愉快。

有一次，他们正在用餐，突然智者好像想起了什么伤心事，叹了一口气便放下碗沉思起来。皇帝吓了一跳，不知道出了什么事，连忙问他：

“怎么啦？你不舒服？”

“唉！唉！”智者仍然在沉思着什么事。

“你害病了吗？”皇帝又问。

“没有，我没有害病。”

“那你为什么很忧伤，不断叹气呢？”

“唉！”智者没有回答，又叹了一口气。

这时皇帝不耐烦了，生气地说：

“到底是怎么回事？你倒是说呀！”

“唉！”智者忧伤地说，“不幸的日子就要降临了！”

这个回答使皇帝更加担心，他被智者的唉声叹气吓坏了。

“啊，尊敬的智者，你未卜先知，洞察一切，我请求你不要折磨我，也不要担心我承受不了，把你所知道的情况全部告诉我吧！”

智者回答说：

“过去的三年风调雨顺、国泰民安，可今后的三年就不幸了：不久，会下一场黑雨，这黑雨会给大地上所有的水源——河流、溪涧、湖泊带来剧毒。所有的生物，不论是人还是动物，喝了这种水，都会丧失理智，变成疯子。陛下，你想想，还有什么能比这场黑雨给我们的国家和全国人民带来的不幸更大呢？”

皇帝听了智者的话，也垂头丧气，悲伤至极。后来他深深地叹一口气，对智者说：

“有什么办法能避免这场不幸吗？”

“上帝要惩罚我们，谁敢违抗他的旨意！”

皇帝捶胸顿足，绝望地叫道：

“末日就要到了，我们该怎么办啊！”

智者给皇帝出了一个主意，他认为这是最好的解决办法：

“上帝赐给我的理智指点我，最好是把即将发生的灾难提前告诉百姓，通知他们挖一些大坑，贮藏洁净的雨水，好好保存着，灾难降临的时候便好活命了。”

皇帝听从智者的建议，下令通知全国挖坑贮水。

一些老年人和胆小的人按照皇帝的命令做了，可大部分人却不相信，他们嘲笑说：

“想一想吧，灾难？什么灾难我们没有遭受过！坐在深宫大院里的人经常说一些自己也莫名其妙的话，想一些荒唐可笑的主意！难道上帝亲自跟他们谈过？”

皇宫里积极地做好避难的准备工作：挖了许多深坑，贮藏着洁净的雨水，盖上盖，锁上锁。

智者预言的灾难终于降临了。

一场又黑又稠又臭的大雨，注满了所有的溪涧、河流、湖泊，每一个喝了这种水的人都丧失了理智，变得疯疯癫癫。逐渐地，全国大部分人都染上了这种病，都成了疯子。他们到处乱跑、乱叫：

"鼓是什么东西？难道不是一个木盆吗？喇叭是什么东西？难道不是一个盖子吗？笛子是什么东西？不就是一根管子吗？我们谁都会做，大家都去做！"

于是每一个部落都做了许多大鼓、喇叭和笛子，然后人们都跑到街上，敲着大鼓，吹着喇叭和笛子，通宵达旦地闹着。

这些，皇帝和智者都看到了，听到了，但是他们毫无办法，因为全国绝大部分百姓已经疯了。商人不做买卖，东游西荡；农民不种地，干些莫名其妙的勾当；儿子丢下父母不知跑到什么地方去了；神父取下胸前的十字架去追逐女人；朝臣、酋长和学者都抛下自己的职务，改干新的行当了。疯狂病没完没了，大人、小孩儿，男人、女人，邻居、亲人好像互不相识，彼此漠不关心。一切秩序、规定、法律都破坏了。

疯人们敲着鼓，吹着喇叭和笛子，拥到皇宫来，他们大声叫着：

"我们的皇帝在哪里？他在逍遥自在、饮酒作乐吗？"

"皇帝快出来！让我们看看他是个什么样儿！"

皇帝慌忙下令把皇宫大门统统关上，用木头顶住。疯人看见宫门关上了，叫得更加厉害：

"哎，皇帝怕老百姓，把门关了，反正他也跑不了！喂，拿石头来，砸！砸！"

皇帝急了，问智者：

“怎么办？这些疯子一进来就会杀死我们的！”

“啊，皇帝陛下！”智者说，“我建议挖坑贮水自救，我们也提前通知全国人民早做准备，我想这些都是好主意。但是，既然都不成功，我们只有一条路了：让我们跟他们一样，也去喝那种使人发疯的水吧！”

“可是我们到哪里去拿这种水呢？宫里都是好水，宫外尽是疯子呀！”

智者派一个小孩儿悄悄地从后门溜出去，打了一壶使人发疯的水来。皇帝先喝了一大口，接着智者也喝了，然后宫里的男男女女都抢着来喝，好像喝圣水一样。不一会儿，他们便丧失了理智，变成了疯子。皇帝跳着鸭子舞，说着粗鲁话，跑到皇宫门口，大喊道：

“这些门关着是怎么回事？”（而这正是他不久前下令关的！）

皇宫大门打开了，皇帝跑出去，和疯人们挤在一起，大声叫道：

“同胞们，让我们尽情地欢乐吧！”

疯人们叫喊着，欢笑着。有些后来的人不知道是怎么回事，人们就告诉他们：

“我们的皇帝陛下原来疯了，现在治好了，跟我们一样了。”

他们就这样胡吵胡闹，全国乱成一片。过了一段时间，灾难终于过去了，一切又恢复了原来的样子，秩序、规定、法律重新建立起来了，人们仍旧从事原来的职业，一句话：完全恢复了正常。

有一次，皇帝和智者像往常一样坐在餐桌旁边，智者夸耀说：

“在那愚蠢的时期里，我胜过你。”

“不，我胜过你。”

“难道不是我建议你喝那使人发疯的水，跟其他疯子同化的吗？不然，你就会被人打死，丧失皇位。当然我也会死掉，我们大家都会白白地死掉。”

“对，那是可能的，”皇帝想了想说，“可是，是谁很快采纳了你的建议，并且带头喝了让人发疯的水呢？是我，所以，我还是胜过你。”

从此，他们又开始了宁静、和谐的生活，一直到老死。

有钱的老人

导读

有钱的老人在遗嘱里给儿子们各留下一处田产，并告诉他们，土地里埋了金子，羊皮纸上放了钱。然而，儿子们前去寻找，发现羊皮纸上没有钱，土地里也没有金子。父亲的遗嘱究竟有什么用意呢？

从前有个有钱的老人，他有七个儿子，其中最聪明的是大儿子。

老人给每个儿子买了田产，并且交给他们，让他们自己管理。

老人很慷慨，他每天宰一头牲畜，邀请所有邻居来做客。朋友们对他说：

“不要再这样了，别再挥霍金钱，把它们留给孩子们吧。”

但是他说：

“孩子们要靠自己的智慧生活，就像我一样。我已经给了他们每人一份田产，并且在这些田产中的某一个地方给他们埋了金子。”

不久，老人便去世了。孩子们埋葬了父亲。他们急切地想要了解死者的遗愿，可当地的风俗是遗嘱必须在死者死去的第四十天才能宣读。

第四十天终于到了。人们打开遗嘱，开始宣读：“我的孩子们，我在你们的一块土地里埋了金子，在一个匣子里的羊皮纸上放了钱。”儿子们立即打开匣子，找到了羊皮纸，上面并没有钱，只写着：“头脑要冷，腿脚要热，我把这留给我的孩子。”

大家都莫名其妙。一个达布塔拉（从事文书工作的人）试图解释遗嘱：

“‘头脑要冷’，必须这样理解：进入头脑里的病是致命的；而‘腿脚要热’的意思是，腿脚上的病会使人变成跛子。”

人们对这样的解释感到奇怪，都不相信。

儿子们非常懊丧，他们是些贪婪的人，都想在匣子里找到金子。只有聪明的老大领会了父亲的意图。

“我们现在该做什么呢？去挖地吧。父亲说过在一块地里埋有金子。”他们决定立即去地里挖掘那想象中的金子。

开头他们只挖了一部分土地，搜寻无果后，便把七处田产的土地全都挖了，但怎么也找不着金子。他们很疲劳，也为白费了力气而懊恼。

老大和其他兄弟一起挖着地，他想：“如果我不挖地，他们会怀疑我有什么坏主意。目前我还不能跟他们分开。父亲的话我都懂，可他们是不会领悟的，他们太糊涂了。得让他们自己去经历，才能明白其中的道理。”

其他六个兄弟没找到金子十分懊丧，父亲给的田产并不多，只能勉强维持生计，他们觉得没有必要留在这里生活了。他们商量了很长时间，最后决定到城里去给一些老爷做事。只有老大选择留在家乡，守着父亲留下的土地。

播种时节到了，老大在挖过的地里种上大麦，因为他明白土地里会长出粮食来的。他兄弟扔下的地他租给了别人。第一次收成给他带来几仓粮食，接着他用这些粮食在更多的地里播下种，并且把荒地开垦为耕地。

“谷物就是父亲藏的金子，俗话说:有粮食的人才是真的富人，有金子的人富得不安。”他反复斟酌着。

没过几年，努力挖掘土地价值的大哥便成了财主，受到人们的尊敬。农民们都很喜欢他，人家向他借种子他从不拒绝，他的名声传得很远。

而老大的弟弟们呢？父亲在世时，他们娇生惯养，什么也不会做。去了城里以后，他们无论在哪一家做事，大家都喜欢他们的外表，主人见了他们的模样和派头，心想:“这些小伙子一定会做事！”但是一吩咐他们做事，他们就不知道怎样动手了。这时候主人就会生气地说:

“我不需要什么也不会做的人，把他们赶走吧！”他们被赶出来了。就这样，他们从一个地方流浪到另一个地方，经常疲惫不堪，受辱挨饿。他们商量一阵，最后做出决定:

“将来还有什么指望？就这么漂泊流浪下去？只好指望大哥了。到他那里去，把我们的经历全都告诉他，请他帮助我们。”

于是，他们动身返回故乡。回到家时，他们已经受尽折磨，饥寒交加，衣不蔽体了。

大哥看见他们都认不出来了，不解地问道:

“你们是什么人？想要干什么？”

他们表明了身份，并向大哥讲述了过去的艰苦经历。大哥非常惊讶，立即热情地接待了他们，带他们喝水、吃饭、更衣。饭后，大哥把他们带到庄园里，向他们讲述了父亲遗嘱的深意。

兄弟们开始和谐地生活在一起，六个弟弟在大哥的帮助下，认识到了自己的错误，改掉了好吃懒做的坏毛病，开始在田地里辛勤耕耘。很快，他们也像大哥一样，靠着自己辛勤的双手获得了财富和声誉。

七个兄弟将父亲遗嘱里的那些忠告铭记在心，他们亲密无间，幸福地生活在一起。

贪心的农民

导读　从前，有一个神父在路上碰到了一个贪婪、狡猾的农民，想要拯救他，神父能成功吗？

神父塔克利亚·海玛诺特从前是个农民，他有四头公牛。当上帝指给他一条光明大道的时候，他把牛宰了，把肉分给穷人，逃避世人来到山林里，成了隐士。

有个农民离开农村到城里去找活儿干，路上碰见了神父。神父知道这个农民有些狡猾和贪婪，想拯救他，便走上前去问道：

“你好，兄弟，上哪儿去呀？”

“进城去。”农民回答他。

“我正好也到那里去，我们一起去吧，有人说话不觉路长。”神父建议道。

二人便搭伴继续前行。

到了该吃饭的时候，神父对农民说：

“我们在这河岸上吃点儿、喝点儿吧，然后再继续赶路。”

他们拿出各自携带的大面包吃起来：神父从怀里拿出来，而农民从绷带里拿出来。他们先一起吃掉了农民的面包，然后又去吃神父的面包。可他们吃得不能再吃了，神父的那个面包也没有变小，就像天神赐的神奇面包一样，怎么都吃不完。

农民非常惊讶：“他的面包不比我的大，可是吃不完；我的面包和他的一样，却很快就吃完了。这是怎么回事？有点儿不对劲啊！”

神父拾起地上的面包屑，对农民说：

“喂，走吧！”

走了一会儿，神父说：

“老弟，告诉我，出门的时候，你老婆叫你拿了几个面包在路上吃？”

农民是个贪心的人，心想：“在路上我还是吃他的面包吧，我剩下的那两个，以后还有用。”

农民以为神父不知道他的心思，所以回答说：

“你看见的，我们一起吃了的那个面包是我唯一的面包。”

夜晚来了，他们决定到一个地方过夜。神父提议吃晚饭，并把自己的面包拿了出来和农民分享。第二天他们继续赶路，神父说：

“你家到城里有三天路程。告诉我，你老婆给了你几个面包在路上吃？”

“真的，唯一的一个面包已经被我们吃了，她不让我多拿。”农民回答说。

一路上，神父问了农民四五次，得到的回答都一样。

最后他们来到一个十字路口，远远地看见了城市。

这时神父对农民说：

“既然你要到这城里去，那就去吧。我还要在这里办点儿事，之后才到那里去。生活中什么事情都可能发生……给你这两根草做个纪念。一根草可以治病，而另一根草会毒死人。你去吧，以后可能我们还会见面的。”

接着神父又一次问农民：

“你说说，你老婆到底给了你几个面包在路上吃？”

农民还是回答说：

“就是我们吃了的那一个。”

于是两人各走各的路了。

农民进了城，打听城里有什么新鲜事，人们对他说：

“不久前，国王宣布：谁治好他女儿的病，就奖给这人许多黄金首饰，并且把王国的三分之一送给他。”

农民听了心花怒放，心想：“我发财的机会来了！我马上就去对国王说，我能治好公主的病。”

他立即这样做了。

国王说：

“许多医术高明的医生都没有治好我女儿的病……那好吧，把这个人叫来，让他去治治，他想怎么治就怎么治吧，只要能让我女儿好起来就行。”

农民被叫到公主跟前。他在慌忙之中拿错了草，将有毒的草挤出汁给公主喝了。公主痛得全身抽搐，很快就死了。

国王知道以后，大怒道：

“我原以为他能治好她，谁知他加快了她的死亡，马上绞死他！”

农民立刻被带去绞死。正准备行刑的时候，神父突然出现了，他大声说：

“兄弟们，等一等，我请求你们不要绞死这个人，我知道是怎么回事。你们去告诉国王，我能把公主救活。”

他们回答他：

“如果我们不执行命令，我们也会被处死的。”

但神父坚决地说：

“快去把我的话转告给国王。否则你们就铸成了大错。”

当侍卫们把这些话转告给国王的时候，他悲伤地说：

“人都死了还能有什么办法？只剩下埋她了。”

他们又说：

“啊，神父塔克利亚·海玛诺特是位伟大的人，他说了一定能把她救活。他让您暂时不要绞死那个农民。”

于是国王吩咐道：

“领他到公主那里去，我看他怎么个治法。”

神父被领到公主的房间里，他做了祈祷，然后把救人的草喂给公主，把她从死神的梦里叫醒，公主就睁开了双眼。

国王和在场的其他人都愣住了。国王说：

“把这些黄金首饰和王国的三分之一拿去吧。”

“我什么也不需要，”神父说，“我只有一个请求：饶了那个你下令绞死的穷人。”

“好吧，就这样！”国王答应了。

神父带上农民就走了。

神父的行为使人们大为吃惊，他们说：

“竟然有这样的人，钱财不要就走了……”

当只剩下神父和农民两个人的时候，神父问：

“我的朋友，当你从家里出来的时候，你老婆给了你几个面包在路上吃？”

“我的神父，只有一个，就是我们在路上吃的那一个。”农民死性不改，依然不肯说出实情。

“那好吧……”神父说，“继续走路吧。”

他们先在大路上走，然后拐到小路上，走到一块岩石面前时，神父向岩石祈祷，然后对它说：

“变成金子！”

岩石就变成了金光灿灿的黄金。这时神父对农民说：

“兄弟！这块金子分一半给你，不过你要对我说实话，出门的时候，你老婆给了你几个面包在路上吃？”

农民看了一眼金子，说：

“神父，只有一个面包，就是我们在路上一起吃的那一个。”

“把这块金子全部给你，你说实话。”神父又对他说。

农民听说这块金子——简直是座金山——全部归他的时候，才老实回答：

“神父！其实我老婆给了我三个大面包，可我们第一次吃饭的时候，很快就把我的那一个面包吃完了，而你的那个面包，无论我们怎么吃也吃不完。我很奇怪，心想如果继续吃你的面包，我剩下的两个面包便可以省下。我就把两个面包藏起来了，我太贪心了。”

他刚刚说完，神父就不见了，周围一个人影也没有。

农民望着金子，心想：“如果有人看见了，会抢走这些金子，还会把我杀死的。”他便用草和树叶把金子盖起来。他又想：“我老这么守着也不行，要想个办法把这些金子运回家去。可我一个人怎么运得走呢？必须找赶骆驼的人来，他们会从那边的大路上通过。”

他来到大路上焦急地等待着。不久，一些赶骆驼的人来了。农民问他们：

“兄弟们，你们运不运货？”

他们回答说：

“怎么不运呢，只要价钱合适。我们就是干这一行的！”

农民说：

“那好，我有一大块铜要运回去，它太大，要分成一块一块才运得走，你们去买些铁锤和錾子（凿石头或金属的小凿子。錾，zàn）来，把它打碎，分成碎块运走。至于工钱，你们放心好了，我不会亏待你们的。”

脚夫们同意了，他们到城里买了工具，跟着农民来到金子跟前，动手凿起来。凿着凿着，他们惊讶地睁大了眼睛：

“这哪里是铜，是十足的纯金呀！这样的纯金就是在王宫里也找不到。谁给这个人这么多金子？他从哪里搞来的呢？”

脚夫们互相议论着。

一个脚夫说：

“不要白费口舌了，我看就这么办：快点儿把金子凿碎运走，然后到洼地里把这个家伙杀了。我们把金子平分，各人运回家去。只有傻瓜才会见财不要呢。”

他们就这样决定了。农民叫脚夫给他拿来一些面粉，说是给他们做面包吃。其实，农民可不是个傻瓜，他想：“我才不会给他们每人一块金子做工钱呢，我把那杀人的草拌到面粉里，做成面包，让他们吃了，毒死他们。然后我自己把金子运回去，还可以赚几头骆驼呢！”

不一会儿，脚夫们就把金子凿好，装到骆驼背上，便动身了。等他们走到一个洼地，脚夫们让骆驼停下来，说是歇一会儿，吃点儿东西。他们趁农民不备，就把他杀死了。等到他们肚子饿了，拿起面包来吃，一个脚夫说：

“这面包真白，白得像太阳一样！”

“你真是个傻瓜！这样白的面包只有他们这些财主才有，你看他有多少金子！”

他们贪婪地吃着，不一会儿全都被毒死了，而驮着黄金的骆驼叫一个过路人牵走了。

吝啬的财主

导读　吝啬的财主一夜之间变成了穷人，而穷人却变成了富人，这是怎么回事呢？

某个国家有一位吝啬的财主，他的邻居是一个穷人。那时正是荒年，穷人家一点儿吃的也没有，他来到隔壁财主家，请求道：

“借给我两个马克吧，过几天就还给你。”

吝啬的财主拒绝了他，还恶狠狠地把他赶了出去。

过了几天，穷人躺在床上呻吟：“哎哟，我的眼睛好痛呀！”

他对来看望他的人都这样说，而且眼珠子一动也不动，大家都相信了他。财主听说邻居的眼睛瞎了，也假惺惺地过来问他：

“我的兄弟，你发生了什么不幸？上帝可怜可怜你吧！”

“这叫飞来横祸啊！”穷人回答说，然后又悄悄地对财主说，

“叫别人都出去，我有个秘密告诉你。”

等人们都走了，穷人把财主拉到身边，说：

“谁都知道，你是全国最富有、最受人尊敬的人，你不需要别人的财富，我信赖你，像信赖上帝一样，所以才把秘密告诉你。前天我挖地的时候挖到了一个金窖，一窖金光闪闪的真金——我的眼睛就是叫黄金的光刺瞎的，穷人就是这个穷命！我怕金子放在家里不保险，你看我一没柜，二没箱，藏哪儿呢？想来想去只好请你帮忙，请求你把我的黄金和你的财宝放到一起保存。如果我死了，它就是你的了，反正我无儿无女，孤苦伶仃。如果上帝饶我不死，我要用就到你那里去拿好了。这个过分的要求，务必请你看在邻居一场的分儿上，答应我。”

吝啬鬼高兴得不知说什么好，连忙问：“金子在哪里？”

“今天晚上等大家都睡了，”穷人接着说，“我会摸索着把金子背到你家去，你听见是我敲门，敲三下，你就把门开开。”

“好的，好的，我等着你。”财主兴高采烈地回去了。

到了深夜，“瞎子”背着沉甸甸的皮袋子来到财主家，敲了三下门，财主马上把门打开。穷人把一个皮袋子交给他，皮袋口扎得死死的，里面发出铿铿锵锵的金属声——其实里面是拴骡马的旧链条。吝啬鬼高兴地接过去，他以为穷人的眼睛真瞎了，于是放心大胆地在他面前打开自己存放金银财宝的暗壁，把穷人的皮袋子放进去。

“你放心，放在我这里万无一失！”

穷人知道了财主藏财宝的地方，过了一会儿就偷偷回来，拿走了财主的全部金银财宝，跑到外国去了。

第二天早晨，吝啬的财主想去看看穷人存放的金子是什么样的，有多少。只见暗壁的门打开了，他的金银财宝不见了，可那只皮袋子还在，打开一看，全是生了锈的旧链条、马蹄掌之类的破铜烂铁。

财主气昏了，一下子倒在地上。

财主害病了，病得很重。当死神快来到他身旁的时候，他把家里的人，还有亲戚朋友都叫到跟前，断断续续地说："千万不要吝啬，更不要贪婪，不要像我这样……要记住：吝啬和贪婪将带来死亡……"他留下这样的遗言就离开了人世。

两个骗子

导读　欺骗是一种可耻的行为，它不仅毁坏了人们之间的信任，还伤害了彼此的感情。两个靠欺骗活着的骗子在一起又会有哪些可笑的事情发生呢？

一个狡猾的农民在罐子里装满牲口粪，上面盖一层薄薄的奶油，拿到市场去卖。他走到离市场不远的一棵大树底下，坐下来歇脚。这时，另一个狡猾的农民在罐子里装满了泥土，上面盖一层薄薄的白蜜，也拿到市场去卖。他走到这里，也坐下来休息。

两人打过招呼以后，卖奶油的问：

"你拿的什么？"

"我去卖上等纯净白蜜，你呢？"

"我带着一罐上等纯净奶油，到市场去卖掉，再买点儿白蜜配药，如果你同意的话，我们把货交换得了。"

卖蜜的人心想："我一罐子泥土可以换到一罐上等纯净奶油，

只有傻瓜才不干呢！”便高兴地同意了。他说他有许多蜂蜜，他要把蜜卖掉，买些奶油，给女儿做嫁妆。

卖奶油的人也非常高兴，他以为一罐子牲口粪换来一罐上等纯净白蜜，占了天大的便宜。两个人交换了罐子，便迅速分手，各走各的路了。

卖奶油的对自己的高明骗术非常满意，没走多远，便想去尝尝这上等的纯净白蜜，于是他打开罐子，用手指去抠，只见一层薄薄的白蜜底下尽是泥土。原来卖奶油的遇到了一个像自己一样的骗子，他又好气又好笑，只得认栽。那个卖蜜的很快也发现了其中的猫腻。

第二天，他们两个都前往市场，途中又在那棵树下见面了。

“是你呀！”一个问。

“你也来了！”另一个回答。

开头，两个人互相指责、谩骂，甚至要动起武来，但很快就和解了，还笑着夸奖对方聪明，接着便成了好朋友。后来，两人搬到同一个地方，成了邻居。

他们商量着今后如何生活，最终决定去远方做生意。临行前，他们回家去准备路上的干粮。一个叫老婆在面粉里掺上草木灰，烙成饼，还带些白灰装作面粉。另一个也是这样。他们准备好行李便一起上路了。

傍晚，两人停下来，拾些柴火，打来清水，烧起篝火，准备做晚饭。

一个说：

“你的担子很重，今天晚上就用你的面粉煮饭，明天再用我的。”

另一个说：

“不，你挑的比我的重，今天晚饭先用你的面粉，明天再用我的。”

两人争来争去，谁也不肯拿出面粉，只好饿着肚子睡了。

第二天早晨，两人又一起上路。傍晚，他们来到一条河边，两人又为谁该先拿面粉争论不休，结果又饿了一天。第三天，他们又是同样地赶路、争论、挨饿。终于，有一个忍不住了，打开口袋，拿出白灰，装作自己什么也不知道的样子，把灰放进开水里，然后骂起老婆来。另一个也打开口袋，装作去拿面粉，结果也骂起来：

“我老婆和你老婆都是一样的货色。”

他们互相嘲笑着，指责着。一句谚语就是从这里得来的：两个骗子的晚饭是白水煮白灰。

两个挨饿的骗子只好到村里去讨点儿吃的。他们从这个村走到那个村，一点儿东西也没讨到，因为谁也不愿意开口，最后只好决定去偷。

他们走到一群绵羊跟前，但是牧羊人看得很紧，没有成功。不久，他们又碰到一群山羊和母牛，也因为看守得严，都没有得手。后来，他们走到一个山岗上，看见底下的平原上有一个农民在赶着两头公牛。一个骗子说：

“听着，朋友，把这两头公牛偷来吧。”

“可怎么个偷法呢？”另一个问。

“我在这里喊叫，农民就会向我跑来，你把一头偷走，另一头我来想办法。结束以后我们再在这个地方会面。”

说做就做。一个骗子在山岗上大喊起来：

“啊——啊——啊！”

农民以为强盗在抢劫路人，便扔下自己的牛，拿上棍子，

喊道：

“我来了，坚持住！”

农民跑到山岗上的骗子跟前，问他：

“你怎么啦？”

“我看见山底下有一个人牵着两头公牛，我想公牛一打起架来，会把那人撞死的，我很担心。”骗子颠三倒四地嘟囔着。

农民回头再去看自己的牛，只剩下了一头，另一头不见了，便飞快地跑下山岗，钻进林子找他的牛去了。

这个骗子趁机把剩下的这头牛也偷走了。

农民在林子里找牛找累了，便走回来，发现另一头也不见了。筋疲力尽的农民只好伤心地回家了。

两个骗子各偷到一头牛，高高兴兴地在老地方会了面。他们把牛赶进一个山洞，把牛宰了。一个骗子说：

“我的朋友，你到村子里去讨个火来，我们来烤点儿熟牛肉吃。我在这里把肉切好。”

另一个同意了，到村里讨了火回来，刚走进洞里，远远地看见他的伙伴用棍子敲着牛尿泡，装作挨打的样子，用哀求的声调在说：

“不要打我了，请你等一等，等我的朋友来了，我们马上就走。”

这个骗子知道他是在耍花招，便将计就计，把火种扔掉，跑回家去了。他对老婆说：

“把我放到装盐的袋子里，背到邻居家去，然后对她说：‘这是我丈夫偷来的盐，你丈夫一回来，我们就平分，好把他们藏在山洞里的牛肉腌起来吃。’”

他老婆就这样做了。

邻居的妻子高兴地收下“盐”，把袋子藏到床底下。傍晚，背信弃义的骗子回来了，还带来一些肉。他把老婆和孩子叫去搬剩下的肉。坐在盐袋里的邻居听见房主在讲自己如何利用聪明才智骗过了他。老婆说，家里没有盐，但邻居给她送来了一袋子盐，接着把经过说了一遍。她丈夫又拿邻人的愚蠢嘲笑了一番。这时，他老婆打开袋口，把手伸进去拿盐，躲在口袋里的邻居抓住她的手，她吓得尖叫起来：

“啊，妈呀！这是什么？”

这时主人问：

“谁？”

“我！”邻居回答道。

“啊！是你！”

他们对彼此干的勾当惊讶了半天，接着大声笑了起来，然后把肉分了。从这里又得出一句谚语：骗子骗骗子，一个赛一个！

第二天，两个骗子都带着老婆、孩子到草原上去吃肉喝酒。

一个骗子看见一个树洞里有许多酿蜜的蜜蜂，想美美地吃一顿蜂蜜，便把手伸进树洞里去。不料里头有条毒蛇，一口咬住了他，痛得他“啊”的一声大叫起来。

“你找到什么啦？”另一个骗子问。

“我抓到一块金子，很大，够我和老婆、孩子用一辈子的。这里面还有很多。”那个习惯骗人的骗子回答说。

“拿出来我看看。”

“不行，我拖不出来，你想要就自己动手吧，我可不能把这块分给你。”

那个骗子连忙把手伸进树洞里去，毒蛇一口咬住了他。他吓得大叫起来：

“不是金子，是毒蛇！”

就这样，两个靠欺骗活着的骗子都因为欺骗而亡。

三个法官

导读

两个法官都来为自己的儿子向当地最受人尊敬的法官提亲。这位法官就让他们各自在三个月内做好结婚的准备。转眼，三个月的期限到了，两个法官的儿子都做了哪些准备呢？最受人尊敬的法官会把女儿嫁给谁呢？

从前有三个法官，神赐给他们智慧，他们生活和睦，调解着人们的纠纷。这三个须发斑白的法官中，有一个最聪明，最受人尊敬。另两位法官有什么疑难问题，都要向他请教。他总能给他们提出有益的建议。他每天要接待许多请他帮忙的人，因而他的崇高声誉也迅速传遍了全国。他有一个女儿，聪明美丽。而他的朋友——那两位法官各有一个儿子，都年轻英俊。孩子们从小一起长大，彼此相亲相爱。后来，年轻人到了结婚年龄，两个男青年的父亲都在考虑向姑娘的父亲提亲的事，但相互之间没有商量过。一天，一个法官派人来对姑娘的父亲说：

“把你的女儿嫁给我的儿子吧！”

姑娘的父亲没有立即答复，只吩咐仆人备饭款待。正在这时候，另一位法官也派人来提亲，姑娘的父亲也没有直接答复，又吩咐备饭款待。

第二个送信人吃饭的时候，第一个送信人已经吃饱了，他向主人告别，又重复一遍他带来的口信。

“很好……为什么不呢？我约定三个月为期，告诉你的主人，请他在这段时间内做好结婚的准备。”

第一个送信的走了。第二个送信的也在得到相同的回答后走了。两个送信人回到家里，把姑娘的父亲——那位最受人尊敬的法官的回答转告自己的主人。

“尊敬的法官这样说，”一个青年的父亲想着，“他以为我猜不到他的意图？结婚的准备……”他立即吩咐他的儿子：“我的孩子，三个月不是很长的期限，去买块好地，盖栋好房子，让你和未来的妻子能舒舒服服住下，而且能体面地招待客人。”

“没有我不懂的事，”他自豪地说，“这老滑头的意图我一猜就中！”

而另一个青年的父亲却是这样考虑的：

“聪明人的智谋无穷无尽，但是这些话的意思我还是清楚的。我的孩子应该带些钱到各地去见见世面，广交朋友。虽然现在他已经有许多朋友，但是还不够。‘做好结婚的准备’的深意可能就在这里。”

两位年轻人的父亲彼此隐瞒着自己的想法，都以为姑娘会嫁给自己的儿子。三个月以后，约定的日子到了。两个法官都派人对姑娘的父亲说：

“约定的日子到了，我准备好了。”

姑娘的父亲把村子里的老人们请到家里做客，安排了丰盛的酒席招待，然后说：

“请我的两位朋友来。”

两位年轻人的父亲来了。最受人尊敬的法官站起身来，向老人们请教道：

“我只有一个女儿，可我的两位朋友都向我提亲了，我不能把女儿分成两半，请你们告诉我，我女儿该嫁给哪个年轻人？”

老人们都说：

“这件事可有点儿不好办。平常我们有什么问题都得向你请教，我们能有什么主意呢！”

法官继续说：

“请大家听着，我跟他们约定了一个日子，就是今天，他们都来了，都说他们的儿子做好了结婚的准备工作。有一位买了土地，给自己盖了一栋宽敞的房子；另一位出门结交了许多新朋友。你们说，谁的准备工作做得好？我女儿该嫁给谁呢？”

“我们不知道。”老人们重复说。

最后，姑娘的父亲这样说：

“房屋有什么意义？只要一次灾难就完了：风暴可以刮倒，大火可以烧掉，洪水也可以吞没，一切都有可能。可是友谊却不同了，越是困难，友谊越珍贵，朋友多的人是最富有的人。就让我的女儿嫁给这样的人吧。不管你们喜欢不喜欢，我就这么决定了。”

老人们高兴地喊道：

“做得对！除了你，谁也做不出这样明智的决定！”

糊涂法官的判决

导读

从前，有个人用毛驴驮着快要分娩的妻子往婶婶家里赶。突然，后面跑过来一个人，他一刀砍下毛驴的尾巴。毛驴受惊后跳了起来，女人跌到了地上，孩子也没能保住。于是丈夫就把这个人带去见法官。那么，法官会如何审理这个案子呢？

有个人的妻子快分娩了，他用毛驴驮着妻子，送她到婶婶家里去。两口子正走着，突然间，后面跑过来一个人，好像精神不正常似的，一刀砍下了毛驴的尾巴。毛驴受惊后跳了起来，女人跌到地上导致早产，生了个漂亮的、结实的男孩儿，但是男孩儿已经死了。丈夫抓住这个人带到法官那里，讲述了全部情况。

“这个人给我带来三大损失，”他说，“驴尾巴被砍下了，我妻子摔坏了，我的漂亮结实的儿子死了。请您公平地判决。”

法官对被告说：

“你有什么想说的吗？”

那人说：

“我不知他妻子怀了孕，我没有什么恶意。我只是觉得好玩，就用刀碰了一下驴尾巴，尾巴就掉了。我不过是想试试他的毛驴胆子大不大。”

糊涂法官判决道：

“喂，你这个笨蛋！为什么你要把驴尾巴砍掉？如果你不干这桩蠢事，他妻子就不会早产。现在你把毛驴牵回去喂养，什么时候长出新尾巴，什么时候再还他。他的妻子你也要带回去精心

治疗，一直等到她再生一个又白又胖的男孩儿——和被你害死的那个一模一样，然后再把她和孩子交给她丈夫！”

皇帝萨赫拉·谢拉塞和玛尔金

导读

皇帝曾答应给一个名叫玛尔金的欧洲人一头骡子，但过了很久也不曾兑现。等玛尔金自己出钱买了一头骡子后，皇帝却立刻下令将一头骡子送给他。这是怎么回事呢？

当萨赫拉·谢拉塞皇帝还住在安科贝尔的时候，有个叫玛尔金的欧洲人经常到那里做客。有一次皇帝答应给他一头骡子，但过了许多日子也没有给他。玛尔金每次提起骡子的事，皇帝总是说：

“哦，是的！好！好！”

后来皇帝搬到达勃拉·比尔罕城去了。玛尔金听皇帝答应给骡子的话听腻了，便自己出钱买了一头骡子，骑上它到达勃拉·比尔罕城来见皇帝。他向皇帝问过好以后，皇帝问他：

“玛尔金，你是骑什么骡子来的？”

“我是骑‘哦是的好好’骡子来的。”玛尔金回答说。

皇帝听了笑了起来，立刻下令送给他一头骡子。

埃塞俄比亚的八个国家

导读 世界上有许多国家，每个国家都有自己独特的民族特征。那么，埃塞俄比亚的八个国家又会有哪些特征呢？

他们从耶路撒冷来到埃塞俄比亚的时候，一共是八个人。他们的名字是：爽直、顽强、自豪、机智、勇敢、智谋、纯朴、聪明。

他们走到提格雷，爽直说：

“弟兄们，我找到了我的国家，决定留下了，再见吧！”

走到塞门，顽强说：

“弟兄们，我找到了地方，再见吧！”

来到瓦加尔，自豪说：

“弟兄们，我找到了祖先留给我的遗产，我留下了，再见吧！”

到了贡德尔，机智说：

“弟兄们，我找到了一个休息的地方，我要留下，再见了。”

剩下的四个人继续往前走。他们走到贝加麦杰尔的时候，勇敢向其他人告别，说：

“弟兄们，我留在这里了，上帝会给你们指出一条正确的道路的。”

后来剩下的人来到达布拉·塔博尔山，智谋站在山顶，望着戈贾姆，说：

“弟兄们，请你们答应我，以后常到我的国家来做客。”他就到戈贾姆去了。

剩下的两个人继续走，走到阿姆哈拉人的国度，纯朴便说：

“我的兄弟，愿上帝保佑你找到一个好地方，我要留在这里了。”

聪明一个人往前走。最后他走到绍阿，就在那里做了皇帝。

骄傲的甲虫

导读 并不强大的甲虫杀死了凶猛的狮子，最后却被瘦小的蜘蛛吃掉了。这是为什么呢?

有一次，狮子在洞口睡着了，忽然飞来一只名叫恩泽兹的甲虫。恩泽兹在狮子头上飞来飞去，狮子被吵醒了，叫道：

“小家伙，不要在我头上飞！如果你不听话，我就打死你！”

但是甲虫傲慢地说：

“吵醒你又怎么样？现在你敢不敢同我打一架？谁胜了就把对方打死。”

狮子对甲虫的大胆十分惊讶，但是它理也不理，就走进洞里睡觉去了。

可是甲虫仍然在狮子头上飞来飞去，还嗡嗡地叫。后来，它又爬到狮子鼻子里，狠狠地叮了一口，很快飞走了。

狮子鼻子里突然冒出鲜血，不停地流着，流着，像汩汩流动的小河一样。它在地上打了几个滚儿，很快就死了。

恩泽兹杀死了狮子以后，变得非常骄傲，它自以为了不起，到处飞着叫道：

“我战胜了兽中之王，我在决斗中杀死了狮子！千真万确，我杀死了世界上所有野兽中最厉害的狮子！谁敢跟我一对一地决斗？我接受任何一个勇士的挑战！”

它自吹自擂地拍着翅膀，飞遍了全世界。但是，有一天它撞到一个蜘蛛网上，整个身子都被缠住了。就这样，甲虫恩泽兹一动也不能动了。

一只瘦小的蜘蛛从房子里走出来，它用蜘蛛丝紧紧地裹住甲虫，把它吃掉了。

杀死强壮的狮子的甲虫却败在瘦弱的蜘蛛手里，可见狂妄地叫嚷着“我能干一番了不起的事业”的人，往往在小事情面前跌了足。

像驴子那样

导读　一个盲人一生只见过一头驴子，就以为其他事物都像驴子。他这样认为对吗？

从前有个人生下来眼睛就看不见了。可有一次，出现了奇迹：他的视力突然恢复了。在这一瞬间他面前正好有一头驴子。

他一辈子看见的就只有这一头驴子，再也没有看见过别的东西。随后，他又失去了视力。

从此以后，对于他来说，整个世界就全部包括在这头驴子里面了。

有一次，一个过路人说起某人给自己盖了一所漂亮的房子，盲人就问：

“像驴子那样漂亮吗？”

又有一次，有人说：

“我看见海里有一艘大军舰。”

盲人又问：

“像驴子那么大吗？”

每一次都是这样。每当有人描述某件东西的时候，他总是问是不是像驴子那样……

两个朋友

导读　患难见真情，真正的朋友总是在患难之中彼此帮助，不离不弃。这也是这则故事想要告诉我们的。

从前有两个人，一个叫哈里·莫扎，另一个叫尼阿·姆巴里姆巴里。哈里·莫扎和尼阿·姆巴里姆巴里是好朋友。他们约定，在患难中互不抛弃，假如遇到危难，要互帮互助。

他们有自己的职业，哈里·莫扎捕鱼，而尼阿·姆巴里姆巴里打猎。但是从他们结成朋友的那天起，他们就一起轮流工作，第一天打猎，第二天捕鱼。

有一次，他们出发去打猎。当他们来到森林里，尼阿·姆巴里姆巴里看见一头狮子，想杀死它。但狮子突然扑过来抓住了他。哈里·莫扎迅速开枪射击，射杀了狮子。他把自己的朋友从危难中救了出来。

后来，他们一起去捕鱼。他们捕到了许多鱼，正打算回家的时候，哈里·莫扎的渔网被水里的树根挂住了。

“我的网被挂住了，怎么办？”他问他的朋友。

“潜到水里，把它解下来。”朋友回答。

但当哈里·莫扎潜到水里时，鳄鱼把他抓住了。

“我的朋友，鳄鱼抓住我了，帮帮我！”他叫道。

但尼阿·姆巴里姆巴里害怕了，不敢下水，他没有帮助自己的朋友。哈里·莫扎就这样被鳄鱼吃了。

是的，世上常有这样的事。如果什么时候一个人走到你跟前，想获得你的友谊，你不要拒绝。但首先你要了解，他是不是有一颗在危难的时候不抛弃你的心。

姑娘怎样制造星星

导读　在非洲，据说星星是一位姑娘创造出来的。这是真的吗？

很久以前，有一位姑娘。有一次，她挑起篝火中的一把灰，撒到天上，灰在天空中铺成了一条星路。从那时起，每到夜晚，这条星路便用柔和的光照耀着大地，以便人们收工回来的时候不至于一片黑暗，可以找到自己的家。

太阳一升起，星路便泛白，变得暗淡无光，不久就悄悄地隐去了。太阳落山后，星路又重新出现，沿着原来的轨迹在天空中遨游。这样，太阳和星路一个跟着一个，交替出现。

有一次，姑娘生了病，躺在屋里，不能自己出去找吃的。她母亲给了她一把鸦葱（多年生草本植物。嫩茎叶可食用，营养丰富），她嫌鸦葱太少了，填不饱肚子，生气地把鸦葱往天上一扔。她说：

“你们也变成星星吧，夜晚天空中只有一条星路，太寂寞了。”

这些鸦葱就变成了满天灿烂的星斗，陪伴着那条长长的星路。

鬣狗和月亮

导读

在中国，流传着“猴子捞月”的故事。而在非洲，也有着一个类似的故事，叫“鬣狗捞月”。让我们一起来看看这两者有什么不同吧！

有一次，鬣狗找到了一根大骨头，叼在嘴里拖着回家去。这时月亮升起来了，明晃晃地照耀着，月亮的影子映在平静的河水里。鬣狗看见河里的月影，以为那是一块大乳酪，便扔掉骨头，“扑通”跳进河里去捉月亮。但是，当它跳进河里，甚至连头都浸在水中，却什么也没有找到。河水被搅浑了，月亮的影子也不见了。鬣狗垂头丧气地回到岸上。它刚准备离开，水面又平静了，月亮又重新出现在河里。鬣狗连忙又跳下去，可还是什么也没捞着！它这样反复做了许多次，当然每一次都是白费劲。

这时候，另一只鬣狗来了，看见被扔下的骨头，叼起来就跑开了。而那只鬣狗还在捉月亮。它继续着这徒劳无益的事直到早晨。这时候，月亮落下了，水里的影子也消失了。但是第二天晚上，那只鬣狗又来了，继续跳到水里去捉月亮。如果它还没有死的话，可能现在还在水里捉月亮呢！

后来，当有人做这样的蠢事的时候，别人就会对他说：

“你像那只鬣狗看见水中月影一样，丢了骨头，扑了个空！”

羚羊和乌龟

导读 走路缓慢的乌龟竟跑赢了矫健的羚羊，它是怎么做到的？

有一次，羚羊碰到了乌龟。羚羊夸口说它是世界上跑得最快的动物，它向乌龟挑衅道：

“你呢，能跑多快？”

“我跑得很快，”乌龟回答说，“还能赛过你呢！”

羚羊哈哈大笑起来：

“那么，我们来比一比吧！”

乌龟同意了，双方约定好日子和地方。

第二天早晨，它们来到了指定的地方。羚羊说：

“准备好了吧？开始——跑！”说完就像离弦的箭一样向前跑去，把乌龟远远地抛在后面。

跑了一会儿，羚羊停下来，回过头喊道：

“喂，乌龟，你在哪儿？”

乌龟在它前面回答说：

“我在这儿呢！”

羚羊大吃一惊，跑得更快了。跑了一阵，它又停下来喊道：

“你在哪儿，乌龟？”

接着又听见乌龟在前面回答：

“我在这儿呢！”

之后每次都是这样：羚羊停下来问：“乌龟，你在哪儿？”乌龟总是在它前面回答：“我在这儿。”

最后羚羊跑到了终点，一看，乌龟早已经坐在那里了。

“我等了你好半天了，”乌龟说，“我早就跑到了。”

羚羊只得认输。

行动迟缓的乌龟为什么能赢得这次比赛的胜利呢？原来事情是这样的：比赛的前一天晚上，乌龟把它的亲戚都叫来了，它把

它们安排在羚羊路过的草丛里，羚羊一停下来喊叫，埋伏在羚羊前方的乌龟就回答它。而有一个亲戚已经早早地坐在终点了。

乌龟夺得赛跑胜利的消息迅速传开了。从那时起，人们常说："不要跑得快，只要脑袋好。"

莫丘安酋长的遗嘱

导读

"人心齐，泰山移。"团结总是给我们极大的力量，去战胜前进道路上的艰难和挑战，就如这个故事告诉我们的一样。

莫丘安酋长渐渐老了，他把他部落里的人召集起来，对他们说：

"我要离开你们了。你们要和睦友爱地生活，同心协力地工作。"

酋长拿出自己的手杖，又叫众人把他们的手杖都拿来。他随便拿起一根手杖，叫一个人去折，那人很轻易地折断了。接着，他把所有的手杖捆在一起，捆得很紧，叫众人去折。无论他们多少人，也无论他们如何用力，都没有把那捆手杖折断。

于是，莫丘安酋长说：

"看见了吧，这就是团结一致的力量。一根手杖，谁都可以轻易地折断；但是谁也折不断捆在一起的手杖。你们也一样：如果你们各人只顾自己，敌人就会轻而易举地一个个战胜你们。假如你们团结起来，就没人能战胜你们。记住这个道理吧！"

懒惰的青年们

导读

村子总是受到狮子的攻击，所以当黄昏降临的时候，全村的青年都来到公共的屋子里睡觉，然而他们谁也不愿起身把门关上。夜里，狮子来了，会发生什么呢？

村子总是遭到狮子的袭击，因而在黄昏来临的时候，全村的青年们都会来到公共的屋子里睡觉。一个青年对另一个青年说：

“朋友，把门关上！”

可那个青年说：

“你怎么啦？为什么自己不去关？”

大伙都无动于衷。过了一会儿，一个青年又说：

“朋友，还是把门关上吧！”

另一个青年说：

“不，就这么睡吧，谁走运，谁就活着！”

夜里，狮子来了，拖走了睡在门边的青年。这时，旁边的一个青年说：

“朋友，让我们把门关上吧！我们的一个伙伴已经被狮子拖走了！”

可其他人回答说：

“你自己去关吧！”

他们仍旧这样躺着，谁也不去关门。于是狮子走进来，一个接一个地把他们全都拖走了。

一对笨蛋

导读　两个人一起出去旅行，为什么会被人们称为一对笨蛋呢？

从前，有两个人一起动身出去旅行。一个走在前面，一个走在后面。第一个人进了村，对村里人说：

“请告诉走在后面的那个笨蛋，叫他走快一点儿！”

第二个人也进了村，见人便问：

“怎么，那个笨蛋已经过去了吗？”

人们惊讶地说：

“原来是一对笨蛋啊！”

穷人和女水妖

导读　从前，一个穷人到河里撒网，捞上来一个美丽的姑娘。从此，姑娘就做了穷人的妻子，并给他带来了大笔财富。姑娘叮嘱丈夫，千万不要再到捞她的那个河边去捕鱼。丈夫同意了。然而，多年以后，当丈夫再次回到那个河边撒网，捞到一个更美的姑娘时……

从前有个人，家里很穷，什么吃的也没有，快要饿死了。有一次，他拿着网到河里去捕鱼。他刚把网撒下去，就捞上来一个非常美丽的姑娘。穷人很害怕，不知道该怎么办。可姑娘对他说：

“我跟你一起到村子里去吧。”

“不，”穷人说，“我的亲戚会把我赶出来的，要知道，我穷得连自己都养不起。”

“那么，”姑娘说，“让我们住到没人的地方去吧。”

于是他们搬到一所没人要的破房子里住下。第一晚，他们躺在地上睡觉。到了深夜，姑娘起来，施展魔法，变出了牲畜、房屋、奴仆和其他生活必需品。早晨穷人醒来，看见了这一切，惊奇得不得了。这时姑娘对他说：

“我的丈夫，这一切都是属于你的。不过，你得答应我，再也不要到捞我的那个河边去捕鱼了。”

丈夫说：

“我变得这样富有了，干吗还到那个地方去呢？”

他们就这样幸福地生活了许多年。有一天，鬼使神差地，这人又拿着网来到那个妻子不准他去的地方了。他来到河边，撒下网，把网拖上来，又捞到一个美丽的姑娘，比他的妻子还要美丽。他对她说：

“跟我回家去吧！”

但美丽的姑娘说：

“不，你先回去把你的妻子杀死，再来找我。”

他拿上长矛，走到林子里，把长矛刺进穆洛姆别树（一种乔木，树的汁水是红色的，可做染料），像血一般的汁水把矛染红了。他回到河边把长矛拿给姑娘看。但她说：

“不，你没有杀死你的妻子，你只不过是把长矛往穆洛姆别树里刺了一下。”

他思考了一下，便回到自己原先居住的村子里，杀死了一个女奴。然后，他回到河边，把染着鲜血的长矛拿给姑娘看。姑娘说：

“不，你只是杀死了一个女奴，你的妻子还活着，她还坐在家里呢！”

这时，利欲占领了他的大脑，他失去了最后一丝理性，拉着姑娘径直跑回家里，并举起长矛向妻子刺去。突然，电光一闪，眼前的一切都无影无踪了——不论是牲畜、房屋、奴仆，还是妻子和那个美丽的姑娘，都不见了。他又变成穷光蛋，甚至比原来还要穷得多。

穷人阿格邦

导读　多么诡异！在这个故事里，国王变成了穷光蛋，穷光蛋却变成了国王。这中间发生了什么呢？

从前有个穷人，名叫阿格邦。他可真的是一贫如洗，既没有吃的，也没有穿的，住在一间茅草棚里，白天晒太阳，晚上看星星。有一天，他突然决定离开这个倒霉地方，另寻活路。他在外面转来转去，找不到一个栖身的地方，最后只好在一个空了的白蚁巢里面临时住下，摘点儿棕榈果填填肚子，因为再也找不到别的食物。他就这样过了几个月，瘦得皮包骨头，奄奄一息。但是他并不想死。他每天早晨醒过来，第一件事就是向神祷告：

“啊，万能的神啊，感谢你，感谢你又让我多活了一天。”

而在同时同地，有另一个穷人，他只剩下一点点钱了，想到以后的日子会很艰辛，便心灰意冷，愁眉不展。他用剩下的那点儿钱买了一些阿吉季和耶科（两种非洲的传统食品，都是用玉米粉做的甜糕，通常用树叶裹着出售），将它们带到常去的树林里，然后爬上一棵树，伤心地睡着了。等到醒来时，他拿出阿吉季和耶科，狼吞虎咽地吃起来，吃完了便把叶子扔到树下。

这棵树下正是阿格邦住的那个白蚁巢。阿格邦早晨起来，肚子饿得难受，他已经一天一夜没有吃一点儿东西了。突然，他看见树下掉了一些包阿吉季和耶科的树叶，高兴得不得了，连忙拾起来，把叶子上残存的粉屑舔了来吃。他一边舔一边感谢道：

“啊，感谢你呀，神！”

树上的人听见了，爬下来与他交谈，向他诉说自己的艰难，抱怨世界的不公。

阿格邦听完以后，说：

“我已经七个月没有看见过一个钱了。我住的是白蚁巢，吃的是棕榈果，就这样，我还在努力呢。你难道仅仅因为穷就要放弃生活的希望吗？那是不值得的，神也不会饶恕你。走你自己的路，去寻找属于你的幸福吧，趁你还年轻力壮的时候。不过，将来你交了好运，可别忘了我这个曾经给过你忠告的穷人阿格邦。”

那人听了阿格邦的话，觉得很有道理，精神振作起来，同阿格邦告别了。

穷人走了很远，到了另一个国家。接着，他碰到了一伙差役，他们是一个大城堡的长老派出来的——他们的国王死了，没有合适的继承人，按照神的旨意，需要找一个外国人来做他们的国王。

“你是本国人吗？”他们问。

“我是一个外国人。”

差役们非常高兴，便把他带回城堡。不久，穷人就做了这个国家的国王。

七年过去了，国王已经忘了他曾经是个穷人。现在他什么都有，想吃什么，想穿什么，想要什么，只要他说一声就行了。有一次，他突然想吃市场上卖的阿吉季，便吩咐仆人去买一些来。他刚拿起一块阿吉季，把树叶撕下，就想起了穷人阿格邦。他赶紧吩咐仆从备好马，要他们到阿格邦那里去，把他找来。

一行人在白蚁巢里找到了穷人阿格邦。阿格邦看见来了这么多人，非常害怕，他以为这些人是来杀他的。仆从们把他带到国王跟前，他不敢抬头直视，也没有认出国王。国王说：

"我就是七年前被你拯救的人，我当时是个穷光蛋，几乎陷入绝境，是你的一番话救了我。你还记得吗？"

这时候阿格邦才记起了他。国王任命他做了御前侍卫。

每天早晨，阿格邦都要向神祈祷，感谢神给了他幸福。但国王从来不这样做，对此嗤之以鼻。

王宫里有七个房间，只有第七个房间的门国王不敢打开，因为已故的老国王曾经留下遗言：继位的国王任何时候都不能走进这个房间。

有一次，国王被好奇心驱使，想到第七个房间里看看里面究竟有些什么。他把阿格邦叫来。国王把门打开，走进房间，又叫阿格邦也进去，但他不愿意，他没有忘记神的教诲：要尊重老人的忠告。国王刚走进房里一会儿，房门呼的一声在他身后关上了，然后他又回到了以前的小破屋。

就这样，国王变回了穷光蛋，而阿格邦被推选为这个国家的新国王。

骗子朋友

导读 尊重他人就是尊重自己。不自重的玩笑往往伤人害己。

鬣狗卡拉和兔子阿祖伊是朋友。它们经常到对方家里做客。大家都认为它们是一对形影不离的好朋友。

有一天早晨，鬣狗突然想捉弄一下兔子，便对妻子说：

“到阿祖伊家里去一趟，对它说我死了。”

妻子走了以后，鬣狗就直直地躺到地上，一动也不动，闭着眼睛等着兔子。

兔子听到鬣狗去世的消息后，伤心欲绝，它调整了很久才慢慢地动身。到了鬣狗家里，兔子小心翼翼地走到鬣狗跟前，仔细观察朋友的头，它看见鬣狗的眼皮干干净净，腹部还在轻轻颤动，便由悲转怒。它一下子跳到一边，对聚集在旁边的鬣狗的亲属们说：

“你们最好赶紧把它埋了吧！我家里有事，先回去了。”

说完这些话，兔子飞快地跑了。从此以后，阿祖伊再也不跟卡拉做朋友了。

有时候，朋友间愚蠢的玩笑等于背叛。

忘恩负义的羚羊

导读 大树用浓密的树叶保护羚羊，羚羊却吃起了大树的叶子，真是恩将仇报！羚羊会得到什么结果呢？

羚羊特罗和大树科佐从前是非常要好的朋友。它们的友谊是这样开始的：

羚羊特罗经常从它的追踪者——猎人和猛兽那里逃命。高大的身躯和长长的角使它很容易被发现。

有一次，羚羊特罗跑了很长的路，疲惫不堪，便在一棵大树下面停下来喘口气，它开始对大树诉说自己的不幸。

“好姐妹，”大树科佐说，“没有比逃脱追踪者更简单的事了。当你看见有什么危险威胁着你，就立即躲到我又宽又大的枝干中间来，我的枝干一直垂到地面，覆盖着浓密的树叶，我能保证你的安全。”

羚羊特罗非常感谢大树科佐，从此以后它经常在自己朋友的保护下逃脱危险。在枝叶的遮蔽下它觉得非常安全，无论是人还是野兽都发现不了它。

有一天早晨，羚羊特罗又在老地方休息。它肚子饿了，却不愿意到外面去觅食，便吃起大树科佐的叶子来。

“你在干什么，愚蠢的家伙！”大树科佐大声喊道，“我给了你避难的地方，你就这样报答我吗？”

羚羊特罗不理睬大树科佐，继续吃着树叶。以后每天都是如此。大树科佐的树叶又嫩又鲜，非常可口，羚羊特罗吃光了所有的枝条——只要是够得着的地方。

过了几天，猎人从这里经过，立即发现了羚羊特罗，它正在树底下睡得很香。没有了树叶的遮蔽，羚羊特罗完全暴露在猎人面前。猎人瞄准羚羊特罗，把它杀死了。

就这样，羚羊特罗用生命为它的忘恩负义付出了代价。

三个小偷

导读 三个小偷成功偷到了财主的牲畜和钱，却全都丢了性命。这是怎么回事呢？

传说某个国家有一个大财主，他有许多粮食、母牛、公牛、骆驼、山羊和绵羊。有一次，三个小偷溜进这个财主家里，偷了一些牲畜和钱，然后跑到一个荒无人烟的地方去了。

其中两个小偷暗地里商定，叫另一个小偷去买点儿什么吃的来。去买东西的小偷走了以后，这两个小偷就动了坏心思："我们的伙伴一回来，这些财物就要被分成三份，那时落到我们手里的就不多了。不如我们把他杀了，平分那些财物。"他们就这样约定好了。

那个去买东西的小偷来到市场上，他想："如果我们把偷来的财物分成三份，我得到的就不会很多，不如在买来的食物里掺上毒药，把他们毒死，财物就都归我了。"

他也照这样做了：在食物里下了毒，便往回走去。

但是，他还没有走到那两个伙伴等他的地方，他们就突然扑过来，把他杀死，然后拿上他买的食物跑了。晚饭时，他们吃了这些有毒的食物，过了不到一刻钟就死去了。

就这样，三个小偷聪明反被聪明误，不但没得到财富，还丢了性命。

所以谚语说：小偷偷来的东西也会害了他自己。

拉吉水

导读

在森林深处的茅屋里住着一对兄妹。一天，小伙子外出打猎，回家后却发现妹妹不见了，他慌忙拿起自己有魔法的南瓜瓢，舀干了池子里的水。动物们赶来喝水时，小伙子说，一定是它们吃掉了妹妹，除非它们交出妹妹，否则就不给它们水喝。小伙子能找到自己的妹妹吗？

这是一个关于拉吉水的故事。

从前有个猎人，他在树林深处盖了一所茅屋。他死了以后，留下两个孩子，一个男孩儿，一个女孩儿。慢慢地，孩子们长大了，哥哥成了一个出色的猎人，妹妹成了一个美丽的姑娘。每次小伙子出去打猎，就把妹妹留在家里。他采了一些荆棘放在门口，叫妹妹把门闩上。他回来的时候，便说：

"法齐玛达，玛吉拉！把门开开，让我进来！"妹妹就给他开门。天天都是如此。

有一次，鬣狗听到了这些话，傍晚时分便趁小伙子在树林里打猎，走到茅屋前，学着小伙子的声音，说：

"法知玛塔，玛知拉！把门开开，让我进来！"

鬣狗是个大舌头，念不准。姑娘说：

"不，我听得出你的声音，你是鬣狗！"

鬣狗只好跑到狮子家里，请狮子教它矫正大舌头的方法，然后又跑到茅屋门口，学着小伙子的声音说：

"法齐玛达，玛吉拉！把门开开，让我进来！"

姑娘以为是哥哥回来了，赶紧打开了门，鬣狗便一口把她吞了下去。

一会儿，小伙子从树林里打猎回来，像原来一样叫门：

“法齐玛达，玛吉拉！把门开开，让我进来！”

但是没有人回答他。他连着说了三遍，然后把门踹开，妹妹却不见了。他急得到处找，屋里屋外，林中路边，都找遍了，只找到妹妹的一只鞋子，却不见妹妹的影子。

小伙子慌了，他拿上一个卡列巴萨——一只有魔法的南瓜瓢，走到一个水池边。这就是拉吉水，附近的野兽都要到这里来喝水，因为周围很远很远都没有水，只有这一处拉吉水。

小伙子走到池边，拿出卡列巴萨，把拉吉水全部舀干，然后躲到旁边的大树上。

一会儿，一群大象来喝水，小伙子问：

“喂，大象，你们往哪里去？”

“去喝拉吉水。”

“拉吉水干了，我的妹妹叫你们谁吃了？把她还给我，我就给你们拉吉水。”

大象把肚子里的草吐出来：

“啊哈！你瞧！我们吃的是什么？”

大象没有水喝，渴得难受，躺下直喘粗气。

一群水牛来了，小伙子问：

“水牛，你们往哪里去？”

“喝拉吉水去。”

“拉吉水没有了。谁吃了我的妹妹，把她还给我，我就给你们拉吉水。”

水牛也回答：

“啊哈，你看看我们吃的是什么，除了一个空空的胃，什么也没有呀！”

无论哪群野兽到这里来，小伙子都要问问是不是它们吃了他的妹妹，可谁都回答说没有。野兽们走到池边，没有水喝，只得躺在地上喘着粗气。没过多久，池边已经躺了许多野兽。只剩鬣狗一伙了。

最后它们也来了。吃了小伙子的妹妹的那只鬣狗走在最前面。它急匆匆地跑来喝水，小伙子问：

“鬣狗，你上哪儿去？”

“喝拉吉水去。”鬣狗回答说。

“拉吉水干了，如果你把我的妹妹还给我，我就给你拉吉水。”小伙子说。

鬣狗不作声。小伙子问了三次，鬣狗三次都没有回答。一只狮子急不可耐地跑过来，抓住鬣狗撕成两半，姑娘就跳了出来！狮子对小伙子说：

“看，这就是你的妹妹！”

小伙子找到了自己的妹妹，便把拉吉水倒出来。所有野兽都跑去抢水喝，你踩它，它咬你，许多野兽在踩踏中丢掉了性命。小伙子把肉拾起来，同妹妹一起高高兴兴地回家了。

纳米季·米真·玛扎和森林巨人

导读

从前有个男人一直大言不惭，自称是“男人中的勇士”。直到他看到了真正的“男人中的勇士”，才明白自己是多么自不量力。

我给大家讲一个林中巨人和名叫纳米季·米真·玛扎的人的故事。这个名字的意思是“男人中的勇士”。请大家听我从头讲起。

从前有个人自称纳米季·米真·玛扎，他每次从林子里回家，总要拉回来一棵大树，然后把树扔到地上，对着妻子说：

“我是纳米季·米真·玛扎！”

妻子奚落他：

“不要再说你是纳米季·米真·玛扎了，如果你看见了真正的纳米季·米真·玛扎，你会被吓跑的。”

但是，每次他都坚决回答道：“不！我就是纳米季·米真·玛扎！”

无知往往使人变得骄傲自大。在没有见过真正的纳米季·米真·玛扎之前，这个自称是纳米季·米真·玛扎的人一直以自己的力量为傲。

下一次拉回大树时，他还会这样说。

有一次，他妻子到井边去打水。她走到井边，只见那边放着一把皮制的长柄勺子，重得要十个人才能拿得起来。他妻子拿不动勺子，舀不到水，正想回家去，这时候，一个背着孩子的女人来了。

“你背着空桶到哪里去？”背孩子的女人问她。

“井边有把长勺子，”她回答，“我拿不动，打不到水，只好回去了。”

“我来帮帮你。”

这个还在妈妈背上的孩子竟能拿起十个人才能拿动的长勺，可见他的力量之大。这个小孩究竟有什么来历呢？

那个女人把背上的孩子放下来，这孩子还很小很小，总是背在背上的。孩子轻松地把长勺子拿起来，放进井里，打了水上来。她们把所有器皿都装得满满的，又在井边把衣服洗干净，然后背着水一起走了。到了分手的时候，纳米季·米真·玛扎的妻子看见那个女人背着小孩儿朝树林里走去，感到非常奇怪，便问她：

“你到哪里去？”

“回家去。”

“那条路通往你家？”

“是的。”

“住谁的房子？”纳米季·米真·玛扎的妻子问那个女人。

“纳米季·米真·玛扎的。”那个女人说。

妻子非常惊奇，她一句话也没再说就回家去了。她回到家里，把碰见真正的纳米季·米真·玛扎的妻子和他孩子的事告诉了她丈夫。

妻子的讲述激起了丈夫的好奇心，他一早起来就准备去井边一探究竟。

“明天我自己去看看。”丈夫说。

第二天天刚亮，她丈夫醒来了，拿起打

猎的枪，把妻子叫醒：

“起来，快带我去看看你所说的纳米季·米真·玛扎。”

妻子起来，带上盛水器皿，在前头领路，丈夫跟在后面，一起到井边去。他们刚刚走到井边，真正的纳米季·米真·玛扎的妻子也背着孩子来了。她们互相问过好，纳米季·米真·玛扎的妻子便指着长柄勺子对丈夫说：

“把勺子拿起来给我舀水。”

他生气地走过去，心想一只勺子有什么了不起，可一拿就吃了一惊。他用尽力气才勉强把勺子托起来，踉踉跄跄拉着勺子走到井边，往井里放去。可勺子把他一拨，他便摔了个倒栽葱，差一点儿掉到井里，幸亏小孩儿过来一把抓住了他。小孩儿从容不迫地拿起勺子，放到井里，舀上水，把她们的容器一一灌满，然后又爬到母亲背上打算回家去了。

这时，纳米季·米真·玛扎的妻子说：

“你说你想见见真正的纳米季·米真·玛扎，这就是他的妻子和儿子，跟他们去吧。”

“这可不行。”真正的纳米季·米真·玛扎的妻子说。

“我一定要去。”纳米季·米真·玛扎坚决地说。

这个自称是纳米季·米真·玛扎的人本以为拿起勺子是再简单不过的事情，结果却弄得自己狼狈不堪。

“好吧，不过你可要当心。”她说着，提上水就走了，他连忙跟在后面。

他们走了很久，走到巨人家里，真正的纳米季·米真·玛扎的妻子叫他躲到一个大谷仓里，说：

“我丈夫打猎去了，一会儿就回来，你可不能乱动，也不要出声。”

天黑了，巨人回来了，一进屋便嚷道：

“哪儿来的生人气味？”

“除了我和孩子，难道家里还有别的什么人？别瞎说了。”

可他还是说闻到了生人气味，女人道：

“你别胡说八道了，不就是我的气味吗？你想吃人就吃掉我好了！”

丈夫不作声了，他是个巨人，讲话就像刮起风暴一般，每顿饭可以吃十头大象。天亮了，他吃了一头大象垫了垫肚子，就到林子里打猎去了。

讲话像刮起风暴，可见巨人的声音之大；每顿饭可以吃十头大象，极言巨人的高大威猛。短短几句话，就让巨人的形象如立眼前。

这时候，女主人把躲在谷仓里的男人放出来，对他说：

“你看见他了吧，幸亏他没有发现你，不然你早就没命了。现在你跑回去吧，趁他出去打猎了，可千万不要叫他在路上抓住。”

纳米季·米真·玛扎连忙往回跑，跑呀跑呀，一步也不敢停。

巨人正在林子里打猎，一阵风吹来，他

叫道：

“我闻到生人气味了，我闻到生人气味了！”

巨人便循着气味去追这个人。纳米季·米真·玛扎拼命地跑，跑着跑着，碰到一伙伐林开荒的人。他们问他发生了什么事。他慌张地说：

“有巨人在追我。”

“趁他还没有来，你就歇歇吧。”

他刚停下，一阵狂风吹来，把所有人都吹到空中，接着他们又摔到地上。

“这是巨人跑的时候掀起的风，他本人就要来了。你们能打得过他吗？”

他们连忙说：

“你快跑吧！”

他继续往前跑，跑着跑着，又碰见一些翻地的人。他们问他：

“你这样急急忙忙要到哪里去？”

“后面有人追我。”

“谁？”

“纳米季·米真·玛扎。”

“哦，男人中的勇士，如果是米真·玛塔，那就是女人中的勇士了。他还没有来，你先歇歇吧。”

他刚站住歇口气，一阵狂风吹来，把所有人都吹倒在地上。

“你们看见了吧，这是纳米季·米真·玛扎

作者用假纳米季·米真·玛扎和不同人群之间带有相似性的对话写出了假纳米季·米真·玛扎逃跑的过程。

奔跑的时候掀起的风，他自己还没有来呢。你们挡得住他吗？如果不行，我就立刻跑了。”

他们连忙说：

“你快跑吧！”

他又拼命往前跑，跑呀跑呀，又遇见一些播种的人。

“你跑什么？”

“有人追我。”

“谁？”

“纳米季·米真·玛扎。”

“坐一坐吧，他还没来呢。”

他刚坐下，一阵狂风刮来，把他们刮到空中翻了三个跟头。

“这是什么风？”

“巨人走路脚下带起的风。”

“你快离开我们吧。”播种的人扔下手中的工具，跑到林子里躲了起来。

在森林深处，一个能吃掉二十头大象的巨人正坐在一棵大猴面包树下，烤着两头大象，而这个假纳米季·米真·玛扎在他面前就如同小蚂蚁一般。这段描述充满了画面感，有着浓厚的奇幻色彩，你感受到了吗？

这个人又拼命往前跑，跑呀跑呀，被什么绊了一下摔倒了，他连忙站起来，抬头一看，一个巨人坐在一棵大猴面包树底下。他杀了两头大象，正架在火上烤着呢。他一次能吃二十头大象，如果尽他的量吃的话。他的名字叫东贡·达季——森林巨人。

森林巨人抓住这个人，像捏住一只小蚂蚁一样。

“你瞎头瞎脑往哪儿跑？”

他回答说：

“有人在追我。”

“谁？”

“纳米季·米真·玛扎。”

“放心地休息一会儿吧。”

他刚刚坐下，又刮起一阵狂风，把这个人卷到空中，旋转个不停。东贡·达季大喝一声：“下来！”

这声音好比一声炸雷，驱散了狂风，这人便安然无恙地落到地上。

他连忙说：

“我可不是主动跑开的，是纳米季·米真·玛扎的风把我卷上去的。”

东贡·达季生气了，他站起身来，抓住这个人，藏到衣袋里，就像往里头放一粒小石子一般。

假纳米季·米真·玛扎竟像一粒小石子一样，被巨人藏在衣袋里。大小对比多么悬殊，充满了想象力。

刚藏好，真正的纳米季·米真·玛扎来了，问道：

“你，坐在这里的人，是来自活人的阳世，还是来自死人的阴间？”

东贡·达季说：“你管什么闲事？”

真正的纳米季·米真·玛扎说：

“多关心自己的身体吧，把你藏的人交出来！”

东贡·达季说：“有本事就自己拿吧。”

纳米季·米真·玛扎勃然大怒，两个人打了起来。他们的脚缠在一起，他们的手扭在一起，他们先在地上打，后来又跑到天上打，打了整整一天，打累了，停下来歇一会儿接着又打。

那个自称纳米季·米真·玛扎的人半天才清醒过来，慌忙跑回家告诉妻子，妻子说：

“我跟你说过，无论做什么事，都不能吹牛；无论你多么有力、强壮、有钱或者幸运，总会有人在这方面超过你。可你不相信，如今该相信了吧！”

成长启示

自称是纳米季·米真·玛扎的人在遇到巨人之前，以为自己每天能拉回来一棵大树就是“男人中的勇士”了。直到看见了巨人，他才发现自己的力量是多么微弱。一如文末所说的那样，无论我们多么有力、强壮、有钱或者幸运，都不该骄傲自满。因为一山更比一山高，我们总有需要学习和改进的地方，怀有一颗谦虚向上的心，才能使我们在成长的道路上走得更远。

要点思考

1. 故事中，作者都用了哪些写作手法来描写巨人？你能举出两个例子具体说明一下吗？

2. 真正的纳米季·米真·玛扎和森林巨人打架的场景是什么样的呢？你能发挥想象力，就此写一段细节丰富的文字吗？

聪明的豺狼

导读

蜘蛛和豺狼本是一对好朋友。有一次，豺狼要出远门，就请蜘蛛帮自己播种，蜘蛛立即答应了。然而到了播种季节，蜘蛛却把豺狼的种子播在了自己的地里，只把豺狼的地翻了一下。豺狼回来后，见自己的庄稼颗粒无收，知道是蜘蛛在捣鬼，它非常气愤，于是决心报复……

蜘蛛和豺狼（因译者翻译用语的因素，“豺狼”疑似指“狼”）是朋友。有一次豺狼对蜘蛛说：

“我要出远门去，播种的时候请你帮我播一下，好吗？”

蜘蛛满口答应，豺狼把种子留下就出门去了。

播种季节到了，蜘蛛把豺狼的种子播在自己地里，只把豺狼的地翻了一下，什么也没种。不久，蜘蛛地里长出了很好的庄稼，而豺狼的地里只长了一些草。

庄稼快成熟的时候，豺狼回来了，蜘蛛对它说：

“你瞧，朋友，我在你的地里播了种，可山鹑把种子全啄了。”

“为什么只啄我地里的庄稼，不啄你的呢？”

“谁知道呀！是晚上啄的，谁也看不见呀！”蜘蛛这样回答。

“我知道了，我会惩罚该死的山鹑的。”豺狼恨恨地说。

收获的季节到了，蜘蛛在地里收获了高粱、黍子（一年生草本植物，叶子线形，籽实淡黄色，去皮后叫黄米，比小米稍大，煮熟后有黏性。是重要的粮食作物之一，籽实可以酿酒、做糕等）和豆子，把它们装进了一个大仓库。

豺狼用一只小小的卡列巴萨装满了蜜，来到蜘蛛家里，让蜘蛛尝了尝。蜘蛛高兴地说：

“真好吃呀！怎么做的？”

“把高粱烧成灰，用水泡一天，然后滤去渣子，就成了。”豺狼回答道。

蜘蛛把仓库里的高粱都烧成灰，在水里泡了一天，然后把渣子滤掉。可它尝了尝，水是苦的。

蜘蛛问豺狼：

“怎么是苦的？”

“你烧的是什么？”

“高粱呀！”

“你记错了，我说的是黍子。”

蜘蛛又回去把黍子烧成灰，在水里泡了一天，滤掉渣子，尝一尝，还是苦的。它又问豺狼：

“怎么还是苦的？”

“你烧的是什么？”

“黍子呀！”

“哎哟，你看你这记性！我说的是豆子呀！”

蜘蛛又把豆子烧成灰，泡泡，过滤，尝一尝，还是苦的。它去找豺狼，豺狼对它说：

“这回你得到报应了，蜘蛛！我把你给予我的不幸还给你了。”

那个冬天，蜘蛛没有食物过冬，饿死了。

谎言比长矛更危险

导读 谎言总是使人付出极为惨痛的代价。在这个故事里，鬣狗就通过亲身经历，深切地领悟到了谎言比长矛还危险的道理。

有一只豺狼和鬣狗是邻居。豺狼经常伸着懒腰，打着呵欠，说：

“谎言比长矛更危险。”

鬣狗喜欢抬杠，回答说：“不，你说得不对。”

豺狼决定用事实向鬣狗证明它的话是对的。它走到市场上，买了些蜜饼，带给狮子。

“啊，尊敬的万兽之王！”豺狼恭敬地说，“我给你带来一些蜜饼，请你尝个新鲜。”

狮子咬了一口蜜饼，非常甜，它高兴地问豺狼：

“尊敬的玛拉姆（阿拉伯语，有“教师、先生”的意思）！你是在哪里弄到这样好吃的食物的？”

“我是在鬣狗家拿的，”豺狼回答说，“这是鬣狗的眼泪和上等面粉做的。可是它的眼泪轻易不给别人，除了我这个邻居。”

狮子下令把鬣狗叫来。狮子对鬣狗说：

“把你的眼泪流一些出来。”

鬣狗莫名其妙，只好挤出一些眼泪，狮子尝了尝，不甜，便给了鬣狗一爪子，说：

“不，要甜眼泪。”

鬣狗被打痛了，泪水流出来，狮子又尝了尝，还不是甜的。狮子发火了，掐住鬣狗的脖子，鬣狗差一点儿就送了命。

鬣狗回到家里，豺狼把事情的经过全盘托出。鬣狗痛苦地对豺狼说：

“你是正确的，豺狼，谎言比长矛更危险，它带来的痛苦，胜过长矛的十倍，我已经亲身体验过了。”

兔子怎样计胜鬣狗

导读

兔子和鬣狗一起出去打猎，兔子射获了许多野兽，可是全被鬣狗拿走了。兔子该用什么办法夺回自己的猎物呢？

有一次兔子和鬣狗去打猎，兔子射获许多野兽，可鬣狗却把它们全部装进自己的袋子里。后来兔子杀死一只羚羊，鬣狗又把它放进自己的袋子。兔子生气了，不理鬣狗，自个儿回家去了。

兔子回家拿一些红泥涂到自己身上，又拿了一些白泥涂到上面，然后爬到一个蚁冢上。

不久，鬣狗出现在大路上，它拿着许多野兽，正往家里走。它走到蚁冢跟前，突然看见一个白色怪物，吓得浑身哆嗦，急忙请求说：

“啊，坐在蚁冢上的大神，我是来打猎的，现在要回家。请放我过去，我可以分给你一些猎物。”

鬣狗从袋子里掏出一只死兽扔上来，说：

“我可以走了吗？”

兔子的回答只是：

“呜姆姆！呜姆姆！”

鬣狗以为“大神”在发怒，于是又从袋子里掏出一只死兽，扔给兔子，害怕地说：

“我可以过去了吗？”

兔子还是发出“呜姆姆！呜姆姆！”的怪异声音。

鬣狗不得不从袋子里拿出羚羊，这时兔子才让它过去。鬣狗走后，兔子把身子洗干净，收拾起猎物也回家去了。

谁更强大

导读　　大象和河马都是强大的动物，为什么会害怕起小小的蜘蛛了呢？这中间发生了什么？

蜘蛛在路上碰见了大象，蜘蛛对它说：

“你只是看起来强大，可我能够战胜你。”

“你怎么个战胜法呢？”大象问。

“你等到星期五，我做给你看。”

蜘蛛又跑到河马家里，对它说：

“你只是看起来强大，可我能够战胜你。”

“你这小家伙，怎么个战胜法呢？”

“星期五我们在河岸上会面，你就会知道的。”蜘蛛回答说。星期五到了，蜘蛛准备了一根长绳子，把大象叫来：

“喂，看我们谁更强大！”

蜘蛛把绳子的一头绑在大象身上，说：

“我到河对岸去。”

它在那边的岸上遇见河马，又把绳子的另一端系到河马身上。蜘蛛自己却躲了起来。大象和河马都拼命把绳子往自己这边拉。它们从早晨拉到晚上，谁也没有拉过谁。而蜘蛛早已悄悄地回到自己家里逍遥自在地休息了。

后来大象感到乏味了，便走到对岸去。双方都大吃一惊，大象愤怒地说：

“好吧，以后它再也别想在林子里找到食物了。”

“也别想在河里喝到水了。”河马补充说。

第二天，蜘蛛披上一块羊皮到树林里去。

大象听见有动物的声音在树丛里响动，便问：

“谁？”

“是我，绵羊。我跟蜘蛛吵架了，我用脚踢它，可我的脚突然就麻木了。我用另一只脚去踢它，那只脚也同样麻木了。它身上有毒液，只要碰到就会麻木。”

“哦，是这样啊，”大象说，“我本想对它的鬼把戏报复一下，可现在看来，最好还是跟它保持友好为好。”

披着羊皮的蜘蛛继续往前走，又碰见了河马。

“是谁啊？”河马问。

“是我，绵羊。我跟蜘蛛吵架了，从那时起我的脚就麻木了，走路都很勉强。”

“原来是这样！”河马说，“我最好还是不要跟蜘蛛作对，尽力跟它搞好关系为妙。”

蜘蛛回到家里，扔掉羊皮，跑到大象家里，叫道：

“我听说你想同我打架？”

“不，不。”大象害怕了。

“那好吧，这样对你会好一些。”

蜘蛛又跑到河马家里：

“听说你准备同我打架？”

“不，不，我想做你的朋友。”河马回答说。

大象和河马害怕蜘蛛的事情迅速传遍了整个森林。从此，谁也不敢妨碍蜘蛛在林中觅食和在河里饮水了。

聪明的公鸡

导读　公鸡去参加葬礼的时候，在路上遇到了一只猫，它很快猜出了这只猫的恶意。它该如何脱险呢？

这是一个关于公鸡的童话。有一次公鸡到它亲戚家去，悼念它死去的叔叔。在路上，公鸡碰到一只猫。猫看见公鸡独自走着，便打算吃掉它。

“你去哪里？”猫问。

“去我亲戚家。”公鸡回答说。

“你要干吗去？”

“去悼念我已故的叔叔。”

“那我们一起走吧，我们俩结个伴。”猫说。

公鸡猜出了猫的恶意，便回答说：

“不，如果你跟我一起走，那我们就不是两个，而是三个了。跟我一起的还有狗呢，它马上就到！”

猫害怕了，它连忙快步走到前面，说：

“我不过是开个玩笑，我还有事，失陪了。”

就这样，公鸡用机智挽救了自己的性命。

跳鼠怎样智胜狮子

导读

森林里，动物们每天都要抽签，把被抽中的动物送给狮子作食物，这次轮到了跳鼠。然而，跳鼠不等动物们押送它，就说自己会主动到狮子那里去……

这是一个关于猛兽狮子和跳鼠的故事。

狮子在林子里乱杀野兽，野兽日益减少。它们焦虑不安，便一齐到狮子家里去，向它请求说：

“啊，伟大的狮王！我们来请求你，不要消灭我们。我们保证每天早晨送一只野兽给你，只是请你不要再乱杀生。”

“好吧。”狮子答应了。

第二天早晨，野兽们抽签抽到羚羊，它们把羚羊抓住，送给狮子。狮子饱餐一顿，这一天就再没有去动别的野兽了。过了一天，抽签轮到鬣狗，大家又把鬣狗送给狮子吃了。

这样过了许多天。一次抽签轮到了跳鼠，野兽们想抓住它给狮子送去，可是跳鼠说：

“不，不要你们送，反正该我了，我自己到狮子那里去。”

野兽们本来就害怕狮子，一听到跳鼠要自己去狮子那里，就高高兴兴地把它放了。跳鼠转头回到洞里，美美地睡了一觉，一直睡到下午。

狮子饿坏了，等不到送来的野兽，大发脾气，咆哮着去找野兽们。跳鼠听到了狮子的吼叫声，从梦里惊醒，连忙走出洞来，爬到水井旁边的一棵树上。

狮子来到井旁，跳鼠在树梢上问：

“出了什么事啦，狮王？干吗吼叫呀？”

“从一大清早起我就等着你们送野兽来，”狮子怒气冲冲地说，“怎么到现在还无影无踪！”

“我们抽了签，今天轮到我了。我正往你家走，还带了蜜哩。可碰见另一头狮子坐在这井里头，不准我过去，还抢走了我的蜜！”

“那只狮子在哪里？”

“就在这井里。可它说了，它比你要厉害得多！”跳鼠回答说。

狮子大怒，跑到井边，往里头一看，井里果然有一只狮子，也正在看着它。这时狮子大怒，张开大口便骂，只见井里的狮子也张着大口在骂。狮子没受过其他动物的忤逆，暴跳如雷，纵身向井里的狮子扑过去，一转眼就淹死了。

跳鼠把野兽们都叫来，对它们说：

“我杀死了狮子，你们可以安静地生活了。我呢，要回洞里睡觉去。”

从此，森林里流传着一句话——“跳鼠杀死狮子，聪明胜过力气”。

愚蠢的母鸡

导读　母鸡没有孩子，于是到山猫那里去讨生小鸡的药，却不知山猫正计划着吃掉它呢！母鸡能逃出山猫的魔爪吗？

母鸡没有孩子，它到山猫那里去讨生小鸡的药。山猫说：

“回家去，把头上的毛全部拔光扔掉，把你自己和上盐和辣椒，然后再到我这里来，我就把这种药给你。”

母鸡走了，山猫便生起炉子等它。

母鸡回到家里，把自己头上的毛全部拔下来，在身上撒上盐和辣椒，便回到山猫那里，说：

“我按照你吩咐的做了，你快把生小鸡的药方给我吧。”

“好的，”山猫说，“你围着炉子转，我走在你后面，你口中念着：我要生小鸡的药！我要生小鸡的药……”

母鸡走到炉子跟前，开始围着它转，一面转，一面说：“我要生小鸡的药！……”

山猫走在后面，突然抓住母鸡，把它扔到炉子里，烤了吃了。

山羊怎样吓跑鬣狗

导读　山羊和小羊在树林里迷路了。傍晚时分，它们来到一所房子跟前。这时，房门打开了，里面住着谁呢？

这是一个关于山羊和它的小羊的故事。

有一次，山羊带着小羊出去散步，在树林里迷了路。太阳快落山的时候，它们看见一所房子，便走到跟前去。房子里住着鬣狗和它的孩子们，鬣狗看见山羊带着小羊，便说：

“欢迎光临。”

山羊和小羊走进屋里，鬣狗拿出谷物来磨，山羊对鬣狗说：

“让我来帮你吧。”

“不用不用，”鬣狗回答说，“难道还要客人做事吗？”

“你可不要把我当作客人，让我来帮帮你吧。”山羊边说边拿起石头去磨谷。

小羊走到母亲身旁，山羊对它说：

“我现在开始唱歌，你跟着唱‘这是真的’。”

山羊便开始唱着自己编的歌，它唱道：

“我杀死了十头大象。”

“这是真的。”小羊跟在后面唱。

“我杀死了十头狮子。”

“这是真的。”

“我杀死了十只豹子。”

“这是真的。”

“我杀死了十只鬣狗。”

“小声点儿，母亲，不要这样唱，”小羊说，“鬣狗听见了会跑的，那样我们就没饭吃了。”

但是鬣狗听见了山羊唱的歌，它故作镇静地对山羊说：

“我叫我的小孩儿去抬点儿水来给你们喝，好吗？”

鬣狗走出房子，对它的孩子们说：

“快从这里跑掉，孩子们，不要再回来，不然山羊会杀死你们的。”

鬣狗的孩子们迅速地消失在树林里。鬣狗回到客人身边坐下，等了一会儿，说：

“咳，尊贵的客人，我派孩子们去打水了，不知怎么搞的，它们还没有回来。请原谅，我去找找它们。”

鬣狗走出房子，迅速跑进树林，再也没有回来。

就这样，狡猾的山羊和小羊得到了鬣狗的房子。

聪明的蜘蛛

导读 蜘蛛向玛拉姆寻求吃了可以变聪明的药，玛拉姆会怎么回应它呢？

蜘蛛来到玛拉姆家里，说：

“能不能给我一点儿什么药，使我变得聪明些？”

“给我取一些水牛奶来。”玛拉姆说。

蜘蛛走进树林，躲到一棵大树底下。水牛从这里经过，绊了一下，倒在地上起不来。蜘蛛趁机挤下水牛的奶，交给玛拉姆。

“很好，”玛拉姆说，“现在只差豺狼、豹子、狮子和蜗牛的肝了。”

蜘蛛买了头牛，把它宰了。它把豺狼、豹子、狮子和蜗牛都请来吃饭。吃饭时野兽们互相争吵，随后就打了起来：狮子杀死了豺狼和豹子，踩死了蜗牛，后来自己也死了，因为打架的时候蜘蛛给它眼睛里撒了沙子。蜘蛛从豺狼、豹子、狮子和蜗牛身上取出肝，交给玛拉姆。这时玛拉姆对蜘蛛说：

“你成功地挤到了水牛的奶，又得到了豺狼、豹子、狮子和蜗牛的肝。既然你能做到这些事情，就说明你已经够聪明的了！”

母鸡为什么下蛋

导读　母鸡为什么会天天下蛋呢？来看看这个故事是怎么说的吧。

野禽问母鸡：

“你为什么不会飞？你跟我们一样是有翅膀的呀！”

母鸡很不高兴，它不愿意别人来揭它的短，不耐烦地说：

“走开，不关你们的事！”

可野禽继续说：

“主人很快就会宰了你，你最好跟我们一起到林子里去。”

母鸡不理睬这些话，但很快它就知道了，主人真的打算宰了它做菜吃。可是，它不想离开温暖的家，于是野禽便给它出了个主意。

“你每天下蛋，主人为了天天有蛋吃就不会宰你了。”

母鸡接受了野禽的意见，天天下蛋。这样，它便得救了。

雷是怎样来的

导读　天上响雷是一件挺可怕的事情。据说这雷声是大力士和恶魔搏斗的声音。这是真的吗？

从前有个青年叫奥杜，外号大力士。有一天，奥杜动身周游世界，想去试试自己的力气。

旅途中他遇见另一个青年，名叫哈姆巴里，他也是以力大出名。两人一见如故，便决定一起旅行。他们走到一条河边，哈姆巴里一拳把河岸劈成两半。

“噢，哈姆巴里，你真是个大力士。”奥杜说。

他们继续往前走，碰见了达什鲁，他也是一个力气大的人。

“你们是去试试自己的力气的吗？我也跟你们一起去。”他说。

现在他们是三个人了。

三个人继续往前走，又碰见一个力气大的青年，他名叫唐科科。

“你们到哪里去？”他问。

“我们到世界各地走走，试试我们的力气。”

唐科科也说要跟他们一起走。这样他们就成了四个人。

不久，他们来到树林里，在一棵大树底下过夜。早晨，他们决定去打猎，留下哈姆巴里看守他们的行李。

碰巧这棵树的树根里住着一个恶魔，他走出来说：

“哈姆巴里！听说你力气大，快过来，我们来比一比！”

他们开始打起来，恶魔把哈姆巴里摔倒在地，捆起来就走了。那三个青年回来的时候，问他：

“你出了什么事，哈姆巴里？”

“我跟一个恶魔打架，他把我摔倒捆起来了。”哈姆巴里回答说。

第二天青年们去打猎，留下达什鲁看守。恶魔又出来说：

“啊，达什鲁，听说你很有力气，过来，我们来比一比！”

他们比了很久，但恶魔又把达什鲁摔倒在地捆了起来。

第三天，唐科科留下看守行李，他也被恶魔打败了。

轮到了奥杜。恶魔对他说：

“你们在世界各地走，要试试自己的力气。你们有四个人，可我一个抵得上你们四个，我把他们三个都打败了，现在只剩下你了。”

奥杜站起来跟恶魔搏斗，他们打了很长时间，从地上打到天上，打得难解难分，谁也赢不了谁，一直打到现在。天上响雷就是他们打架的声音。

两个穷人

导读

一如故事里的那个穷人，有时候，我们会感到非常困窘、贫乏，进而陷入失落的情绪；然而，当我们环顾四周时，我们会发现自己已经拥有了很多别人没有的宝贵财富。所以，珍惜自己所拥有的，对生活充满感恩吧，这样，我们才会有更加积极快乐的人生！

从前有个很穷的人，他既没有吃的，也没有穿的，除了大腿上的绷带，什么也没有。他便来到国王跟前，说：

“国王陛下，我活腻了，请你把我杀死吧。我既没有吃的，也没有穿的，只有大腿上这根绷带。你看我穷成什么样了！”

“好吧。”国王答应了他的要求，命令士兵把他绑起来，准备杀死他。

正当士兵举起长矛要刺死这个人的时候，又进来一个穷人，他几乎赤身裸体，一丝不挂。他向国王行礼道：

“陛下，我希望得到你的施舍：这人死了以后，把他大腿上的绷带赏给我。”

听了他的话，第一个穷人叫道：

“住手！不要杀死我！把我带到国王那里去，我有话禀告国王。”

士兵把这个穷人带到国王跟前，报告说：

“这个穷人临死前还有话向您禀告。”

“你说吧，我听着。”国王说。

于是这个穷人说：

“还是让我活下去吧。今天我看见世界上还有比我更穷的人，我不想死了。”

“回家去吧，”国王说，“应该感谢神，他让你亲眼看见了：比起那些穷得赤身裸体的人，你还算是富裕的。”

理发匠唐·库拉玛的故事

导读

国王头上长着一只角，他要求理发匠严守这个秘密，否则就把他处死。理发匠不敢声张，却又实在忍不住，于是对一个土坑说出了这个秘密。然而没过多久，全城都知道了国王头上长角的事……

讲故事啦，瞧，故事来了，快来听吧！

讲的是国王和理发匠的故事。理发匠名叫唐·库拉玛。唐·库拉玛给国王剃头，他发现国王头上长着一只角。国王对唐·库拉玛说：

“谁也不知道我的头上长了角，如果人们知道了，一定是你讲出去的，到时候我就杀死你！”

“不，不，我对谁也不会讲，我发誓。”唐·库拉玛说。

唐·库拉玛心里憋得慌，他很想对谁讲一讲国王头上长角的趣事，但是他不敢，他发过誓。可他又实在忍不住，便跑到林子里，挖了一个坑，把嘴贴在坑边，小声地说：

“国王头上长着角！国王头上长着角！”

他又补充说：“我说出来了，但把它埋进土里去了。”

随后他回到了家里，觉得非常轻松。

但是理发匠不知道，在他挖的那个坑里有一粒高粱籽。很快雨季来了，高粱籽发芽了，长成了一棵高粱。有个农民在林子里闲逛，看见了这棵可爱的高粱，便折下它的穗子装进口袋里。然后又把秆子折断，说：

“我把这根秆子带给我的孩子们，叫他们用它做一个小笛子。”

他把高粱穗子和高粱秆拿回了家，穗子喂了马，秆给了孩子们。孩子们把它做成一根小笛。他们刚刚吹它，小笛就唱起来：“国王头上长着角，我是从理发匠唐·库拉玛那里听来的！”父亲问孩子：

“是谁在说话？是你们吗？”

“不是我们，是笛子在说话。”

“你们撒谎，难道笛子会自己唱歌？”父亲叫道。

但是孩子们坚持说，唱歌的不是他们，是笛子。

“把它给我，我看看。”父亲说。他刚把笛子放到嘴边，它就唱起来：“国王头上长着角，我是从理发匠唐·库拉玛那里听来的！”

父亲大吃一惊，把小笛子还给孩子，不准他们再吹了。但当他出门以后，孩子们拿起小笛子到城里去了。他们来到城里，吹着笛子，笛子唱着：“国王头上长着角，我是从理发匠唐·库拉玛那里听来的！”他们走过国王的宫殿，国王听见了这首歌；他们走过唐·库拉玛的房子，他也听见了这首歌。他慌张地把孩子叫过来，说：

“不要再唱了！”

“不是我们在唱，是笛子在唱。”孩子们回答说。

理发匠吓了一跳，开始回忆他在什么地方跟谁说过国王头上有角的事。

闲逛了一会儿，孩子们就回家去了。一路上他们吹着笛子，笛子唱着歌。很快，国王头上长角的消息传遍了全城。

国王便把名叫玛季达里的亲信叫来，对他说：

“理发匠唐·库拉玛骗了我，我要处死他。”

“他不值得您这样做。”玛季达里说。

“不，我一定要处死他，原来我们约定过，如果有谁知道了我头上长角的事，我就要杀死他。可现在全城都知道了！他简直是罪大恶极！”

“也可能理发匠什么也没有说呢？把他叫来问问吧！如果他不说实话，那就把他送到法庭去。”玛季达里建议说，“如果是他的错，您就处死他；如果法庭认为他无罪，您就放了他。这样世人才不会因为此事对您有微词。”

国王觉得玛季达里说得有道理，就同意了。亲信立即派人去叫理发匠。一会儿工夫，理发匠就来到了大殿前。国王问：

“你还记得我们的约定吗？”

“什么约定？”理发匠忐忑地回答说。

“哈，你忘了！我可记得。要知道你保证过不把我头上长角的事向外声张，可现在大家都知道我头上长着角。”国王说。

“我对谁也没有说过这件事。”理发匠坚定地回答道。

玛季达里劝理发匠讲真话，但他坚持说他对谁都没有说过。

于是国王下令把理发匠送到法庭。法官问理发匠是怎么回事，他说：

“我和国王约定，我给他剃头。他事先提醒过我，如果人们知道他头上长着角，他就下令处死我。可我并没有对任何人讲过，因为我害怕。我只到林子里去过，挖了个小坑，嘴贴在坑边小声说过国王头上长着角。后来我就回家了，直到现在我也不明白人们是怎么知道这件事的。”

法官叫人请国王来，国王解释说：

“只有理发匠知道我头上有角，如果这个事有第三个人知道，那一定是他说的。现在我从吹笛子的小孩儿那里听到了‘国王头上长着角’的歌。”

法官便把这些小孩儿叫来。法官问孩子们：

“你们把笛子带来了吗？”

“没有。”

“去把它拿来。”法官说。

一个孩子把笛子拿来了。法官拿起它放到嘴边，小笛马上就唱起来：“国王头上长着角，我是从理发匠唐·库拉玛那里听到的！”法官吩咐把孩子的父亲叫来，问他小笛是从哪里弄来的。

“我在林子里走，看见一棵高粱，就把穗子折了，然后又看见秆子很漂亮，便把它割下来让孩子做了个小笛。”那人说。

法官叫国王把小笛放到自己嘴边，小笛又唱起来：“国王头上长着角，我是从理发匠唐·库拉玛那里听来的！”这时法官便对国王说：

“您应该原谅理发匠，要知道这是笛子自己唱的。”

国王不同意，因为笛子是从理发匠那里知道自己的秘密的。但是法官说：

“法庭不能判定理发匠有错：他是对土地说的，土地不可能对别人讲。他只敢对着土地说，是因为他非常害怕，因而他是不会对别人讲的。”

“好吧，”国王同意了，“不过得让理发匠离开这个国家。”

唐·库拉玛只好离开这个国家。国王派人把他护送到边境。当他们经过树林的时候，理发匠看见一个干了的人头，而那人头还在自言自语。

“你怎么被丢在这里？”理发匠问。

“是我的舌头把我送到这里来的。”人头回答说。

理发匠马上返回去告诉国王，说他在林子里看见一个会说话的死人头。国王不相信理发匠的话。

“如果不是这样，您砍掉我的头好了。”理发匠激动地喊道。

国王便派人跟着理发匠到林子里去。理发匠又问人头，他怎么被丢在这里，但是人头不回答。他又问第二次，人头还是不作声。于是国王派来的人对理发匠说：

“你用自己的舌头杀死了自己啊！”

他们把理发匠带到国王跟前，如实禀报了事情的经过。国王感到自己再次受到欺骗，盛怒之下下令处死唐·库拉玛。理发匠就这样因自己的舌头而死。

这就是理发匠唐·库拉玛因自己的舌头而死的故事。

魔戒指

导读

青年从市场上买回一个年纪大的女奴，没想到她竟是国王失散多年的女儿。为了感谢青年，国王送给他一枚可以统治一个城堡的魔戒指。然而就在青年入睡的时候，他的妻子戴着戒指逃跑了……

有个女人有两个儿子。有一次，儿子们决定出去试试自己的运气。他们每人拿了三块织物便出门了。哥哥用织物换得一只山羊，弟弟却换了一只瘦狗。他们回到家里，母亲看见狗便对着小儿子叫道：

“让神诅咒你！你为什么带回这么一条干瘦的狗！”

而哥哥说：

“他哪里赶得上我呀！”

不久，兄弟俩又出门了。哥哥拿了四块织物，弟弟拿了三块织物。哥哥用自己的织物换了头公牛，而弟弟换了只瘦猫。他们回到家里，母亲看见瘦猫便叫起来：

“让神诅咒你！你为什么换一只无用的瘦猫回来？”

过了一段时间，兄弟俩又准备出门了。哥哥拿了十块织物，弟弟还是拿了三块。他们回到家里，你猜怎么着？哥哥带回两个年轻姑娘做女奴，而弟弟带回的是一个年纪大的妇女。

“让神诅咒你！这个老太婆对我们有什么用？”母亲冲着小儿子吼道。

“可不，他比我差得远着呢！”哥哥又说。

“神会保佑我的！”弟弟回答说。

有一天，一个外地的商人从这里经过。这时，弟弟带回来的妇女正在市场上卖富拉（一种面粉做的稠粥，豪萨人的传统食品），她大声招徕着生意：

“卖富拉！卖富拉！”

商人走到她跟前，认出了她——她就是国王失散多年的女儿，在战争中被抓走的公主。原来，商人是国王派出来寻找公主的。

“基姆比娅，”他说，“终于找到你啦！我们到处找你，什么地方都没有找到！”

“我是女奴，是一个年轻人买来的。”基姆比娅说。

“带我到你主人那里去，我想见见他。”

他们来到基姆比娅住的屋里，妇人把主人叫到一边，避开小伙子的母亲，对与她同来的人说：

“这就是我的主人！”

那人说：

“基姆比娅是我们国王的女儿。如果你同意的话，就请你到她父亲那里去，他会赎回她的。”

“好的，我愿意去。”青年说。

青年走到母亲面前，把一切告诉了她，但是她说：

“唉，去吧，去吧，倒霉的家伙，他们会从你手里把这个女人抢走的，到头来你什么都得不到！”

“虽然有那样的可能，但是我也要去试试看。”

青年和基姆比娅一起来到她父亲的国家，全城人兴高采烈地说：“基姆比娅公主回来了！”

国王非常高兴，下令宰牛设宴，热情款待这位送回他女儿的青年。

基姆比娅悄悄地对青年说：

“我父亲肯定会奖赏你。如果他给你一千个科里，你别同意；给你一千头牛，你也别同意；给你一千匹马，也不能同意；即使给你一百个奴仆，你还是别同意。因为世界上任何财宝都比不上他小手指上戴的那个戒指。你要他用这枚戒指来赎我。你得到了这枚戒指，就可以统治一个城堡。我也能知道我对于父亲来说究竟有多么重要。”

“好的，我知道了。谢谢你，好心的基姆比娅。”青年说。

基姆比娅的父亲把青年叫到自己跟前，说：

“把赎金拿去，我给你一千个科里！”

“不，”青年说，“我不要钱。”

“我给你一千头牛。”国王说。

“不，我不要牛。”

“我给你一千匹马。”

“不，我不要马。”青年回答。

“我给你一百个奴仆。”国王说。

但青年还是说：

“不，这些我都不要，我只希望您把小指头上的戒指给我。”

“好吧，”国王说，“我可以把这个戒指给你，但首先我得给你一匹最快的马。城堡里的人一旦知道戒指到了你的手里，便会千方百计地杀死你。你要把戒指含在口里，骑上快马跑出去。”

青年接过戒指，谢过国王，但他还没来得及跑出去，城里早已一片慌乱，人们骑上马，追赶他去了。他们追了很久，连人影都没有看到，原来他躲在了城堡大门的后面。

然后他快马加鞭，向家里跑去。刚刚跑到家门口，他的马便倒在地上死了。他的母亲说：

“你看见了吧，我说过你是个倒霉的家伙。他们把你的女奴抢跑了，送你一匹马，现在马又断了气，你果真什么也没得到！”

“神会保佑我的！”青年平静地说。他走出城来到一个树林里，很快便睡着了。

第二天早晨，他醒来一看，自己已经在一个很大的城堡里了，许许多多的人叫喊着跑到他跟前，拥护他做了这个城堡的主人。青年给母亲和哥哥，也给狗和猫盖了漂亮的住宅，又跟一个漂亮的女孩儿结了婚。这女孩儿长得很清秀，待人也很温柔，可内心却很恶毒。青年被她的美貌所吸引，爱上了她。婚后，什么事情也都由着她。

有一天，妻子哭着对青年说：

“你并不是真心爱我。”

青年见妻子哭得梨花带雨，忙心疼地说：

“我当然是真心爱你的，天地可鉴啊！”

妻子收住了眼泪，紧蹙着眉头说：

“如果你是真心爱我的，为什么不把小指头上的戒指让我也戴一戴？”

青年不假思索地把戒指给了她。当夜，青年正在甜睡，妻子收拾了细软，便悄声离开家，跑到她的情夫那里去了。第二天早晨，青年醒来，妻子不见了，城堡不见了，房子也不见了，只剩下他母亲、哥哥、狗和猫同他在一起。聪明的青年一下子就明白发生了什么，爱妻的背叛让他痛心不已，一向沉稳的他也大声地哭了起来。

猫和狗对他说：

“不要哭，主人！”

青年说：

“难道你们没有看见，我那个坏老婆干了什么吗？”

“别发愁，主人，”猫和狗说，“你买下我们，喂养我们，现在该我们为你服务了。”

猫和狗一起动身到那坏女人和她情夫住的城堡里去。它们走到一条大河边，狗说：

“我能够游过去，可你怎么办？猫，你坐到我的背上来吧。”

狗把猫背过了河。体形小、不易被人发现的猫跑进城堡去了，狗就留在河边，等着消息。

猫跑进城堡，杀了一批老鼠。鼠王跑来对猫说：

“我们犯了什么罪？你想叫我们灭种吗？”

“这个城堡的统治者有一只戒指，它本是属于我的主人的。你去把这只戒指偷来交给我，不然，我就叫你们灭族亡种！”

这时正是晚上，那坏女人和她的情夫睡得正香。坏女人把戒指含在嘴里。两只老鼠溜进来，用尾巴扫扫她的嘴角，她一张嘴，戒指就掉下来了。老鼠把戒指交给猫，猫和狗便一起回到主人身边复命了。它们把戒指交给了依然在号啕大哭的青年。猫说：

“主人，戒指在这儿，别哭了！”

青年见到戒指，一下子转悲为喜。

第二天早晨，青年的城堡又出现了。从此，猫、狗跟他们的主人过着幸福的生活。

那个坏女人和她的情夫只得露宿荒野。坏女人对情夫说：

“一定是神在诅咒你。把倒霉的人放进食品罐里，他也会饿着肚子出来的；而幸运的人即使在尼日尔河（西非的“母亲河”，全长约4160千米，水力丰富）边，也会有人买他的水。”

善良的和贪婪的

导读 善良的人虽然受到贪婪的人的欺负，但我们相信善良的人终会被善待，正如这个故事所讲的一样。

有两个人，一个善良，一个贪婪，有一天他们一起出门去旅行。贪婪的人对善良的人说：

“善良的人，我们这样吧，先吃你带的食物，吃光了再吃我的。”

善良的人欣然同意了。他们旅行了很久，当善良的人带的食物快要吃光的时候，他对贪婪的人说：

“我带的东西快吃完了，该把你的东西拿出来吃了。”

但贪婪的人不愿履行协议，善良的人只好忍饥挨饿。

有一次，他们在一棵大树底下过夜。这棵树顶上有个鸟窝。贪婪的人吃得饱饱的，很快就睡着了。而善良的人饿得发慌，久久不能入睡。突然鸟窝里的鸟说：

“这不是一棵平凡的树，如果扯下它的叶子，挤出汁涂到盲人眼睛上，盲人就会重见光明。”

善良的人听见了，很快爬到树上采了一些叶子装到袋子里。

天亮了，他们继续往前走，傍晚来到了一个城堡里。这个城堡的王子是个盲人，善良的人走到国王跟前说，他能治好王子。

第二天他来到王子的住所，往卡列巴萨里倒些水，同树叶汁混在一起，然后把它涂到王子眼睛上，王子就重见光明了。

国王非常高兴，请善良的人做他的贴身侍卫，还把城堡分给他一半。就这样，善良的人过上了幸福的生活，贪婪的人还在为了几片面包跟人钩心斗角（通过对比，突出了善与恶、美与丑的对立，表达了人们对善良的讴歌和对贪婪的憎恶）。

奥塔和他的妻子

导读

富翁离世前想将老绵羊作为遗产送给儿子，结果只有小儿子奥塔愿意接受它。富翁离世后，奥塔也牵着老绵羊离开了家。富翁为何如此珍视老绵羊呢？未来会有什么等待着奥塔呢？

有一个富翁，他有三个儿子——他喜欢两个大的，不喜欢小的。

临死前，他把大儿子叫来，说：

“我死了以后，我的财产你什么也不要拿，只拿那只老绵羊。”

“得了吧，家里有这么多财产，我拿只老绵羊能做什么？”老大回答说。

富翁把二儿子叫来，对他说：

“我死了以后，什么财产你也不要拿，除了那只老绵羊。”

二儿子回答说：

“我知道你有许多财产，一只老绵羊可不能够满足我啊！”

富翁很无奈，只好把他不喜欢的小儿子奥塔叫来，对他说：

“我死了以后，遗产里你只能要那只老绵羊。”

“父亲，”奥塔回答说，“你在世的时候，你的财产对我来说无所谓，你去世以后，我更不需要它。一只老绵羊足够了。”

“好的，但你要记住，不管你吃什么，先给老绵羊吃，然后自己再吃。”父亲对他说。

“我记住了。”奥塔回答道。

父亲死了以后，奥塔拿了老绵羊就离开了家。

“他多么愚蠢啊！”人们说，“这么多财产，可他仅仅拿了一只老绵羊！”

奥塔带着老绵羊走呀走，他想喝水了，先给老绵羊喝，然后自己再喝。后来他来到一个织布匠家，织布匠家里虽然很穷，却很好客。

“喂，外乡人，你愿意在这里休息一会儿吗？”织布匠问。

“好啊，我走了很远的路。”奥塔说。

“行呀，只是我没有什么东西招待你，我穷得一无所有，你不介意吧？”

织布匠有两个妻子，他喜欢大的，不喜欢小的。每个妻子都生了个女儿。织布匠对大老婆说：

“给外乡人拿点儿水来。”

“算了吧，家里早没水了，我拿什么给这个外乡佬！”

织布匠叫小老婆给客人拿水来。她刚好有一捧高粱，就把高粱捣碎，掺上水，递给奥塔。奥塔接过掺了高粱糊的水，自己不喝，先给老绵羊喝。这使大家很奇怪，他们喊道：

“你怎么啦！自己喝吧，我们给羊喝别的水。”

“不用了，”奥塔回答说，“这水够我和羊喝的。”

他先让老绵羊喝了，然后自己再喝。

晚上，织布匠的大老婆说：

“这个外乡佬要在我们这里过夜吗？”

“是的，”织布匠说，他又问，“我们还有高粱给他熬点儿稀饭吗？”

“只剩下一把谷子了，我要给女儿熬稀饭，我什么也不能给那个外乡佬。”

织布匠又去问他的小老婆，还有没有高粱给客人熬点儿稀饭。

“我只剩下一把了，不过我马上就去给他熬稀饭。”她回答说。

她熬好了稀饭，给了客人。奥塔又像往常一样，先给老绵羊吃，然后自己再吃。

第二天早晨，老绵羊对奥塔说：

“快起来，跟我到树林的那边去一下。”

他们正准备走的时候，主人问：“你们要走了吗？”

“不，我们去去就回来。”

老绵羊领着奥塔走到林子的尽头，看见一片草原。老绵羊咩咩叫了两声，两百匹高大雄壮的马，配着华丽的鞍子，向他们跑来了；老绵羊又咩咩叫了两声，两百个年轻力壮的马夫，手里捧着美丽的毯子，向他们走来了。

老绵羊对奥塔说：

“叫马夫牵着马，到织布匠家里去。”

织布匠看见青年带来这么多人和马，非常害怕，对他的两个老婆说：

“这个外乡人一定不怀好意，瞧他带来了多少人和马！”

走在前面的老绵羊告诉织布匠，这些人和马是奥塔送给他不喜欢的那个妻子的。

过了一会儿，老绵羊又叫奥塔跟他到林子那边去。老绵羊又咩咩叫了两声，只见三百个男女奴仆，每人手里拿着一捆谷子走过来了。

老绵羊对奥塔说：

“把这些奴仆和谷捆送给那个好心的女人——织布匠不喜欢的妻子吧！”

奥塔又这样做了。

织布匠喜欢的妻子想把她的女儿嫁给奥塔，但老绵羊要他娶那位织布匠不喜欢的妻子的女儿。他们很快就结婚了，织布匠和他不喜欢的妻子也因此得到了许多财产。

这样过了一段时间，老绵羊住在特地为它修建的房子里，奥塔经常骑着盖了豪华披衣的马出外溜达，后面跟着许多仆从。

有一天，奥塔说，他想再娶一个妻子。

“想娶就娶吧，不过，不要娶一个坏女人。”老绵羊说。

奥塔答应老绵羊，一定娶个好女人。奥塔散步的时候遇见了一个从未见过的美女，他对她一见钟情，坠入了爱河。他告诉老绵羊，自己无法自拔地爱上了这个女人，准备跟她结婚。

老绵羊知道这是个凶恶的女人，但是他看到奥塔一脸幸福的样子，只得无奈地说：“有什么办法呢？结婚好了。”

奥塔把这个恶女人带了回来，跟她结了婚。有一天，奥塔出去了，恶女人对仆人说：

“我们今天没有肉了，去把老绵羊杀掉吧。”

但是一个仆人说：

“不，不！我们还没有来的时候老绵羊就在这里了。”

“把该死的老绵羊杀掉，不然，我就卖了你！”女主人威胁说。

仆人只好捉住老绵羊，把它杀了。仆人正在剥老绵羊皮的时候，奥塔回来了。

“你们在哪里弄的肉？”他奇怪地问。

谁也没有回答他。

这时候恶女人得意地说，是她叫人把老绵羊宰了。

奥塔把老绵羊的肉收到一起，卷到皮子里，然后叫他的第一个妻子给他一条白裤子、一件白衬衫、一条白缠头和一把刀子。他穿上这些衣服，拿起老绵羊的肉，到林子里去了。他在那里打扫出一块干净的地方，恭敬地把肉放到自己跟前，拿起刀子，说：

“老绵羊的死是由于我的过失，现在我要为它的死负责。”

他刚拿起刀子，突然听见说话声：“住手！”

奥塔受了惊，放下了刀子，他环顾四周，没发现任何人。他又看了看老绵羊的肉，自言自语地说：“不，不，我要惩罚自己。”

这时候，肉动起来，突然老绵羊完好无损地站起来了，说：

“难道我没有跟你讲过不要同恶女人结婚吗？”

他们回到家里，奥塔把恶女人赶出了家门。他说，他有一个妻子就足够了。

名叫“比国王聪明”的奴仆

导读　国王有三个奴仆，每个奴仆都生了一个儿子。其中一个奴仆的儿子名叫“比国王聪明”，国王非常不喜欢他，于是想方设法来刁难这个奴仆……

国王有三个奴仆，每个奴仆各生了一个儿子，他们名叫“看不见”“神的恩赐”和“比国王聪明”。奴仆的儿子们长大以后，也都侍奉在国王左右。国王叫人给“看不见”一捆高粱，给“神的恩赐”一捆高粱，可给“比国王聪明”的只是一捆稻草。原来国王不喜欢“比国王聪明”，想刁难他一下。国王对他们说：

“明年你们每个人必须给我带来三百捆高粱。”

过了一年，庄稼收割了。“看不见”和“神的恩赐”每人给国王带来了三百捆高粱，而“比国王聪明”只提了一篮子糠秕。他们来到国王跟前，“看不见”就说：“这是我的三百捆。”

“这是我的三百捆。”“神的恩赐”说。

“这是我的收成。”“比国王聪明”说。

国王问“比国王聪明”：“为什么你没有给我带来三百捆高粱？”

“我把您给我的一捆稻草种上了，现在给您的就是它长出来的东西。”“比国王聪明”回答说。

国王一计不成，又生一计。他叫人牵来两头母牛，把它们给了“看不见”和“神的恩赐”，而给了“比国王聪明”一头公牛。国王要他们每个人来年都送过来两头牛犊。

第二年，“看不见”给国王带来两头牛犊，“神的恩赐”也给国王带来两头牛犊。而“比国王聪明”肩上搭把斧头，来到国王跟前，爬到长在王宫旁边的一棵树上，开始砍树。

国王问：“‘看不见’和‘神的恩赐’每人给我带来了两头牛犊，‘比国王聪明’在哪里呢？”

“他在砍木柴。”国王的仆人说。

“哎，你这个‘比国王聪明’呀，”国王说，“你在树上干什么呢？”

“我给我那生下我的父亲砍柴。”“比国王聪明”回答说。

“你是在欺骗我啊，难道男人能生孩子吗？”国王喊叫道。

“哦，原来您也知道，”“比国王聪明”说，“男子不能生孩子，可是您给我一头公牛，却希望它生两头牛犊。”

国王生气了，跳起来去抓“比国王聪明”，但是“比国王聪明”变成了一只青蛙，国王便变作一条蛇，想吞掉青蛙。接着“比国王聪明”又变成一只老鼠，国王就变成一只猫。可老鼠又变成一只鸟飞向高空，这时猫便变作一只鹰去追鸟。鸟飞到一个老太婆跟前，飞进她的眼睛里，变成了眼珠。鹰就变成了眉毛。一直到现在，眼珠子一直不走出自己的掩蔽所，以免被守候在它旁边的眉毛抓住。

三头公牛和狮子

导读 三头公牛聚在一起时，连狮子也不敢惹它们。但当公牛四散而去时，一切都不同了。

从前有三头公牛：一头黑的，一头白的，还有一头红的。它们每天都在地里辛勤地干活，弄得疲惫不堪。有一天，它们决定离开自己的主人，到一个长着嫩草、有清水的地方去。

它们搬到了新地方，自由自在地生活着。渐渐地，它们的毛变得光滑了，角锋利得像矛一样；它们跑得快，动作敏捷，比起其他野兽毫不逊色。它们商量好，一切事情都轮流来做：轮流吃草和喝水，睡觉的时候轮流放哨。

有一次，公牛们碰见了一头狮子。狮子很怕它们那锋利的角，但是它不露声色地走到公牛们跟前，说：

“刚才我在这堤坡上走的时候，看你们看得清清楚楚。猎人们应该也很容易发现你们。我想给你们提一个友好的建议。我觉得，白牛最好到长着白草、白树的地方去，在那里谁也发现不了你。你呢，黑牛，最好到长着黑草、黑树的地方去，你就跟这些东西融为一体了。而你这只红牛，最好到开着红花，长着红草、红树的地方去，这样，无论什么猛兽也发现不了你。”狮子说着，还给每头牛指了指它们应该去的地方。

公牛们觉得狮子说得很有道理，就按照狮子的指点四散而去。狮子见它们分散到了各个方向，便依次把它们吃掉了。

这个故事告诉我们，在听取意见之前，先要弄清楚是谁提的意见——朋友还是敌人。

愚蠢的鬣狗

导读

猴子把鬣狗从泥淖里救出来，鬣狗却恩将仇报，想要吃掉猴子。这时，机智的花鼠从洞里出来了……

鬣狗陷在泥淖里，三天没有吃一点儿东西。一只猴子从旁边经过，鬣狗请求猴子把它从泥淖里拉出来。但猴子说：

“如果我把你拉出来，你会吃掉我的。”

鬣狗发誓说，它决不干这样的事。猴子将信将疑地把它从泥淖里拉了出来，接着说：

“现在，我可以走了。”

“你怎么能这样呢？”鬣狗眼睛里放出贪婪的光芒，回答说，“我三天没吃一点儿东西了，怎么能放过你呢？”说着抓住了猴子。

这时候，花鼠从洞里跑出来，对鬣狗说：

“让我在你们中间过过身好吗？”

鬣狗松开猴子，猴子迅速爬上一棵大树，花鼠也躲进洞里去了。

猴子坐在树上，往远处一看，喊道：

“他们来了！”

“谁？”

“一些人带着笼子，他们是来捉鬣狗的。”

鬣狗害怕了，拔腿便跑。花鼠从洞里走了出来，它和猴子都开心地笑了。

延伸阅读

★本书名言记忆

◆要善于接受别人的建议，并且不要在危险境地中放松警惕。

——《两个猎人和一头狮子》

◆狂妄地叫嚷着“我能干一番了不起的事业”的人，往往在小事情面前跌了足。

——《骄傲的甲虫》

◆如果什么时候一个人走到你跟前，想获得你的友谊，你不要拒绝。但首先你要了解，他是不是有一颗在危难的时候不抛弃你的心。

——《两个朋友》

◆如果你们各人只顾自己，敌人就会轻而易举地一个个战胜你们。假如你们团结起来，就没人能战胜你们。

——《莫丘安酋长的遗嘱》

◆无论做什么事，都不能吹牛；无论你多么有力、强壮、有钱或者幸运，总会有人在这方面超过你。

——《纳米季·米真·玛扎和森林巨人》

◆谎言比长矛危险，它带来的痛苦，胜过长矛的十倍。

——《谎言比长矛更危险》

◆把倒霉的人放进食品罐里，他也会饿着肚子出来的；而幸运的人即使在尼日尔河边，也会有人买他的水。

——《魔戒指》

◆在听取意见之前，先要弄清楚是谁提的意见——朋友还是敌人。

——《三头公牛和狮子》

相关名言链接

◇慎重者，始若怯，终必勇；轻发者，始若勇，终必怯。

——苏轼

◇世之奇伟、瑰怪、非常之观，常在于险远，而人之所罕至焉，故非有志者不能至也。

——王安石

◇所谓智，便是指人们的聪明智慧；所谓谋，便是指人们对问题的计议和对事情的策划。智是谋之本，有智才有谋，所以智比谋更重要。

——邓拓

◇人间如果没有爱，太阳也会灭。

——雨果

◇爱叫懦夫变得大胆，却叫勇士变成懦夫。

——莎士比亚

◇爱就是充实了的生命，正如盛满了酒的酒杯。

——泰戈尔

◇爱之花开放的地方，生命便能欣欣向荣。

——凡·高

◇生活就像海洋，只有意志坚强的人，才能到达彼岸。

——马克思

◇在全人类中，凡是坚强、正直、勇敢、仁慈的人，都是英雄！

——贝多芬

人物名片

◎老鼠

人物简介：出自《老鼠和猎人》。猎人的妻子因为眼盲，抱着孩子掉进了陷阱。狮子想要吃掉他们时，老鼠及时出现。它机智地诱导狮子，使它掉进另一个陷阱，最后救出了猎人的妻儿。猎人的妻子为了感谢老鼠，便邀请它住到自己家里，供养着它。从此以后，老鼠就和人类居住在了一起。

评价：机智、善良、勇敢。

◎雅布拉尼

人物简介：非洲国度里一个勇敢的小伙子。他乐于助人，总是给人带来幸福。他从陷阱中救出狮子，狮子却恩将仇报，想要吃掉他。他们一起去找动物们评理，结果动物们都站在狮子的一边。最后，一只小豺出现，诱导狮子再次跳进陷阱，救下了雅布拉尼。

评价：善良、正义、乐于助人。

◎莫丘安酋长

人物简介：一位部落首领。他年老时将部落的人召集起来，让一个人去折一根手杖，那人很容易就折断了手杖。他又把所有手杖捆在一起，让众人去折，结果无论多少人都不能把手杖折断。莫丘安酋长以此告诫众人，只要团结友爱，就没人能战胜他们。

评价：智慧、有责任感。

读后感例文

爱，给人无尽力量

——读《非洲民间故事》有感

从小我就对非洲这片大陆充满了好奇。一望无际的平原，神秘的原始雨林，还有撒哈拉沙漠和热情的非洲人民，这些都令我心驰神往。最近我读了一本有关非洲的书——《非洲民间故事》，这是一本记载着非洲地区民间故事的书，这里面的故事非常有趣，故事里的人物有的聪明，有的勇敢，有的善良，有的还会魔法，跟着他们的脚步去历险，就像自己亲身经历过一样。

读完整本书，最让我印象深刻的就是那些充满着爱和力量的主人公。在《奥鲁姆蛇》中，奥巴米被奥鲁姆蛇咬死后，奥鲁也为爱而死，而埃梅斯却选择拿着大刀，勇敢地去找奥鲁姆蛇报仇，最终救活了奥巴米和奥鲁。在《鬼鬼祟祟的猎人》中，当发现树林里出现了一个鬼鬼祟祟的猎人，每天晚上都会有兔子和家禽失踪，看门人和车夫都不愿承担责任、维护主人的利益时，只有男孩佩德罗将此事放在心上。他仔细地观察四周，甚至孤身犯险，独自到树林里去抓猎人，显示出了非凡的勇气和对家庭的爱与责任。而在动物故事里，一些动物虽然体形瘦小，却总是凭着智慧和勇气战胜强者，保护自己和家人。在《狮子和兔子》中，兔子发现狮子抓了它的两个孩子，非但没有畏惧和恐慌，反而决定让狮子吃吃苦头。《山羊怎样吓跑鬣狗》里，面对不安好心的鬣狗，山羊镇定自若，让小羊跟自己一唱一和，最终吓跑鬣狗，保全了自己和孩子。细察这些主人公，他们都处在艰难的环境，面对着强大的敌人，然而他们都守着内心的一份爱，勇敢积极地去解决难题，克服困难，真是让人佩服！

除了以上提到的这些之外，书中还有许多我喜欢的动物和人物：机智的老鼠、聪明的乌龟、勇敢的猴子和善良的奥塔……这些动物和人物就像是我的好朋友，在每个夜晚，他们用自己的亲身经历为我讲述着一个个精彩又动人的故事。听了他们的讲述，我对非洲大陆的向往又多了一分，我想非洲大陆一定是一个充满奇幻色彩的地方，非洲人民一定是淳朴而又热情好客的。

通过这些故事，我能感受到非洲人民对美好生活的向往与追求，我也要像他们一样，走在追求美好生活的路上。而家人、朋友、老师、同学，他们给我的爱，也会让我变得更加勇敢，让我在这条路上走得更好、更稳。

知识考点

一、填空题

1. 豹子邀请______到家里做客，豹子的身上留下了黑色的斑点。

2. 斑马妈妈和______战斗，摔倒在篝火上，身上留下了一道道黑条纹。

3. 狗和人类住在一起后，______和______总是在森林里嗥叫呼唤它。

4. 佩德罗抓住的“鬼鬼祟祟的猎人”其实是佩德罗的______。

5. 兔子说自己背着“羽毛、羽绒，还有一个很大的喙”，这指的是______。

6. 兔子装病，让______成了自己的奴隶。

7. 长“翅膀”的乌龟给自己起名叫______。

8. 长颈鹿独自吃掉巫师为它和______准备的魔草，脖子和腿都长长了。

9. 雨水和火比赛跑步，______获胜，娶了安蓓娜公主。

10. 小伙子把______舀干，最终找到凶手鬣狗，救出了妹妹。

二、选择题

1. 青蛙曼奴帮助小伙子娶到了太阳和（　　）的女儿。

A. 水井　　B. 月亮　　C. 星星　　D. 地球

2. 在比热戈斯群岛有一个传说：第一个登上月亮的是一只长着白鼻子的（　　）。

A. 猴子　　B. 鬣狗　　C. 老鼠　　D. 豹子

3. 乌龟掉进陷阱后，被（　　）扔了出来。

A. 猴子　　B. 狮子　　C. 豹子　　D. 狐狸

4. 名叫纳马拉索塔的男人在跳舞的时候（　　），又变得一贫如洗。

A. 向前走　　B. 向后退　　C. 转圈子　　D. 跌倒了

5.（　　）拉起小提琴，动物们都开始不停地跳舞。

A. 狮子　　B. 大象　　C. 老鼠　　D. 猴子

6. 猪不听（　　）的警告，结果从天上掉下来，把鼻子压平了。

A. 乌龟　　B. 乌鸦　　C. 苍鹰　　D. 麻雀

7. 小女孩儿几内亚被妈妈藏在（　　）里，太阳每天都在寻找她。

A. 山洞　　B. 树林　　C. 地窖　　D. 柜子

8. 猫和狗帮青年夺回了（　　），青年的城堡又出现了。

A. 金腰带　　B. 魔术棒　　C. 魔项圈　　D. 魔戒指

9. 奥塔带着老绵羊离开家后，受到了（　　）的热心招待。

A. 缝纫工　　B. 织布匠　　C. 农夫　　D. 商人

10. 名叫“比国王聪明”的奴仆最后变成了老太婆的（　　）。

A. 眉毛　　　　B. 鼻子　　　　C. 眼珠　　　　D. 嘴巴

三、简答题

1. 这本书里，你最喜欢哪一个人物或动物？为什么？

2. 读完这本书，你最大的感触是什么？它带给你什么样的启示呢？

参考答案

一、填空题

1. 火
2. 狒狒
3. 狼　豺
4. 叔叔
5. 乌鸦
6. 大象
7. 大家
8. 犀牛
9. 雨水
10. 拉吉水

二、选择题

1. B　2. A　3. C　4. B　5. D

6. C　7. A　8. D　9. B　10. C

三、简答题

1. 略。
2. 略。

无障碍阅读·彩插励志版

第一辑

《童年》
《西游记》
《红楼梦》
《水浒传》
《昆虫记》
《名人传》
《稻草人》
《格林童话》
《伊索寓言》
《城南旧事》
《爱的教育》
《三国演义》
《骆驼祥子》
《繁星·春水》
《安徒生童话》
《海底两万里》
《鲁滨逊漂流记》
《最后一头战象》
《朝花夕拾》
《钢铁是怎样炼成的》
《假如给我三天光明》
《汤姆·索亚历险记》

第二辑

《格列佛游记》
《绿山墙的安妮》
《雷锋的故事》
《唐诗三百首》
《成语故事》
《简·爱》
《中国古代寓言故事》
《中外民间故事》
《中外神话传说》
《中外历史故事》
《绿野仙踪》
《木偶奇遇记》
《寄小读者》
《小王子》
《老人与海》
《八十天环游地球》
《小橘灯》
《呼兰河传》
《论语》
《千字文》
《克雷洛夫寓言》
《小鹿斑比》
《中外名人故事》
《吹牛大王历险记》
《中华上下五千年》

第三辑

《荒野的呼唤》
《泰戈尔诗选》
《宝葫芦的秘密》
《小老鼠皮克历险记》
《小学生必背古诗词 75+80 首》
《小战马》
《红脖子》
《水孩子》
《安妮日记》
《列那狐的故事》
《柳林风声》
《人类的故事》
《欧也妮·葛朗台》
《小飞侠彼得·潘》
《汤姆叔叔的小屋》
《爱丽丝漫游仙境》
《地心游记》
《名人名言精读》
《尼尔斯骑鹅旅行记》
《神秘岛》

《森林报·春》
《森林报·夏》
《森林报·秋》
《森林报·冬》
《福尔摩斯探案集》
《莫泊桑短篇小说精选》
《四大名著知识点一本全》

第四辑

《欧·亨利短篇小说精选》
《细菌世界历险记》
《爷爷的爷爷哪里来》
《长腿叔叔》
《海蒂》
《朱自清散文精选》
《契诃夫短篇小说精选》

第五辑

《大林和小林》
《父与子》
《王子与贫儿》
《哈克贝利·费恩历险记》
《猎人笔记》
《居里夫人自传》
《格兰特船长的儿女》
《秘密花园》
《青鸟》
《人类群星闪耀时》
《寂静的春天》
《西顿野生动物故事集》
《飞向太空港》
《镜花缘》
《草原上的小木屋》
《会飞的教室》
《丛林故事》
《小巴掌童话》
《给青年的十二封信》
《白洋淀纪事》
《湘行散记》
《梦天新集：星星离我们有多远》

第六辑

《世说新语》
《聊斋志异》
《儒林外史》
《我是猫》
《了不起的盖茨比》
《少年维特的烦恼》
《神笔马良》
《拉封丹寓言》
《希腊神话故事》
《山海经》
《地球的故事》
《十万个为什么》
《中国民间故事》
《中国古代神话》
《非洲民间故事》
《森林报》
《一千零一夜》

第七辑

《小英雄雨来》
《闪闪的红星》
《赤色小子》
《刘胡兰传》
《两个小八路》
《小游击队员》
《铁道游击队》
《李四光随笔：穿过地平线》
《中国传统节日故事》
《世界经典神话与传说故事》
《欧洲民间故事：聪明的牧羊人》
《捣蛋鬼日记》
《胡桃夹子》
《兔子坡》
《带刺的朋友》
《今年你七岁》
《第七条猎狗》
《萤火虫的季节》
《雁翎队的故事》
《谁是最可爱的人》